神様だけが知っている

どう生きるか

あさと せいえい

文芸社

神様だけが知っている　どう生きるか

目次

神様だけが知っている　どう生きるか

回想

宜野湾《ぎのわん》市にある沖縄コンベンションセンターの大ホールで開催された歌謡ショーで、真っ白いドレスを身に着けた女性歌手が、舞台いっぱいに舞いながら歌う、作詞・作曲寺島尚彦氏の『さとうきび畑』の歌を聞いているうちに、次第に熱い涙が込み上げてきて溢《あふ》れ出し、止めどもなく私の頬を伝って流れてきました。

ざわわ　ざわわ　ざわわ
風が通りぬけるだけ
今日もみわたすかぎりに
緑の波がうねる
夏の陽ざしの中で
むかし海の向こうから

いくさがやってきた
あの日鉄の雨にうたれ
父は死んでいった

知らないはずの父の手に
だかれた夢を見た
父の声をさがしながら
たどる畑の道
お父さんと呼んでみたい
お父さんどこにいるの
風よ悲しみの歌を
海に返してほしい

ざわわ　ざわわ　ざわわ

この悲しみは消えない

私が、幼い頃両親と共に幸せに暮らしていた南洋群島にあるテニアン島は、緑の波が押し寄せてくるような、さとうきび畑が一面に連なっていました。過ぎ去ってしまうと、この島には何事も起こらなかったような、昨日今日の波静かな平和の島のように思われますが、あの太平洋戦争に巻き込まれ地上戦となって襲《おそ》い掛かってきた戦火の中を、生死をかけてさ迷い歩いた頃から、すでに数十年の歳月が流れようとしています。

私の歩んできた道を振り返りながら、今このように生を受けて静かな思いで過ぎし日のことを思い浮かべていると、歳月の間に起きたどうしようもなくひとりで決断せざるを得なかったいろいろの出来事が、走馬灯《そうまとう》のように次から次へと浮かんできます。

私とほとんど同世代の生まれと思われる人々が、中国で残留孤児となって祖国日本へ肉親捜しのために戻ってこられるのを見聞きするたびに、私が歩んできた人生行路と重ね合わせて、とても他人事《ひとごと》とは思えない胸の痛みを覚え、幼かった頃のことが思い出されてきます。

家族

昭和十六年十二月八日未明、日本の真珠湾攻撃によって、太平洋戦争が開戦となりました。私は、その開戦前の六月二十三日（旧暦）に誕生していました。私の家族は当時テニアン島のソンソン町の社宅に住んでおり、父は南洋興発《こうはつ》株式会社の酒製工場に勤めていました。昭和十五年三月、父が二十五歳の時、母を故郷《ふるさと》沖縄から呼び寄せ、初めて所帯をもちました。母はその時、十八歳になっていました。沖縄におられるそれぞれの父親が隣近所に住んでいて友人として信頼できる間柄であることから、お互いに写真を送り合い、それを契機《けいき》に結婚することになったのです。

南洋群島は、当時日本政府の委任統治区域になっていました。テニアン島は、北にサイパン島、南にロタ島、グアム島があり、東西八キロメートル、南北二十キロメートルの約百二十平方キロメートルの大きさです。ちょうど伊豆大島ぐらいで、久米島の約二倍の小島です。この小さな島に日本本土や沖縄から多くの人々が、夢を懸け、生活を懸け、生きがいを求めて渡ってきたのです。私の父もその一人でした。昭和七年五月頃、父が十七歳の時でした。すでにテニアン島に渡り開拓移民として働いていた伯父《おじ》、伯母《おば》を頼って渡航してきたのです。父は背が高くてすらりとした細身の体形をしていましたが、沖縄相撲を得意としていました。運動会にも積極的に参加し、足の動きも素早く、いつも上位の成績を収めていたようです。

昭和十八年六月には、私より二歳下の弟が誕生しました。弟はがっちりした体格で生まれ、将来は私よりもはるかに大きく成長するだろうと期待されていました。私は父が仕事を終えて帰ってくると、待ちかねていたように父の背におおいかぶさって、ひと時も父から離れようとしなかったようです。母が私にこぎれいな服を着せ、ちっちゃな可愛い下駄を履かせると、私は「オイッチニ、オイッチニ」と両手を振り、掛け声を発しながら、身近に迫りつつある戦争の足音も知らずに、「僕は兵隊さんになるんだ」と母に語りかけ、母は私のそのような真剣なしぐさを微笑《ほほえ》みながら温かく見つめていたそうです。

別離

　そのような父や母そして弟との、親子揃った家族の日常のささやかな平和な暮らしは、はかなくも短いものでした。昭和十九年二月頃から、南洋群島は次第に軍事色が濃くなりつつありました。アメリカの戦闘機がサイパン島やテニアン島に飛来してきては空から襲撃《しゅうげき》していました。そのため、男の人たちは戦闘要員として島に残ることになり、女の人や子供たちを先に日本本土や沖縄に帰国させようと、引き揚げ船が準備されていました。伯母の家族と私の家族も伯父と私の父を残し、沖縄に帰るためテニアン島から小舟に乗ってサイパン島に渡りました。サイパン島では従弟の家に泊まり込み、いつでも引き揚げ船に乗り込むことができるようにと荷物も準備して、船に乗る順番を待っていました。引き揚げ船に乗り込みたいと希望する順番待ちの人々が多く、限られた船舶では十分に対応できなかったのです。そのような中にも、サイパン島と内地の航路を往来《おうらい》する日本の船舶が航行の途中、アメリカの潜水艦から魚雷攻撃を受けて撃沈され、船上は火の海となり、乗船した全員が海の藻《も》くずとなって死亡したと幾度となく悲報が届いていていました。

やがて、私たちにも引き揚げ船に乗り込む順番がやってきたので、伯母や私の母も船に乗り込むため荷物を船に届けていました。そのような慌《あわ》ただしい時のことです。伯母は、テニアン島からサイパン島に渡るために子供たちを引き連れ荷物を持って家から出かけようとすると、玄関の前で大きな黒猫が立ちはだかるように、伯母を見ても逃げようとしないでじっと睨《にら》みつけていたのを思い出していました。不吉《ふきつ》な予感がしたのです。あの黒猫は私たちが引き揚げ船に乗り込むことを警告して睨みつけていたのではないかと、思い巡らしました。もしも、航行の途中で魚雷船に撃沈されるようなことが起きれば、一家すべてが失われることになるのは確実であり、そのようなことにでもなるのであれば、むしろ戦況が厳しくてもテニアンの地に残り、少しでも安全な生きる道を選んだ方が良いのではないかと考え直しました。そこで、ひと月余りも待ちに待っていた引き揚げ船「亜米利加丸《あめりか》」に乗り込むのを急遽取りやめにして荷物を船舶から引き取り、故郷沖縄への引き揚げを諦めました。そして、サイパン島から叔父や私の父のいるテニアン島に引き返したのです。

この「亜米利加丸」は三月三日、サイパン港から大勢の引き揚げ者を乗せて横浜港に向かって出航していきましたが、それから三日後の三月六日、硫黄島付近でアメリカの潜水艦から発射された魚雷によって撃沈され、ほぼ全員が亡くなりました……。

その年の六月十五日に、米軍がサイパン島に上陸し、熾烈《しれつ》な地上戦となり、民間人を含め多くの犠牲者を出して、七月七日に陥落してしまいました。七月二十四日には米軍がテニアン島に上陸し、先に陥落したサイパン島からの砲撃や艦砲射撃、空爆が始まり、瞬《また》く間に民間人を巻き込んだ壮絶な地上戦になりました。それは、私が三歳なったばかりの出来事でした。

戦争が激しくなるにつれ、爆撃の危険を避けるため、住んでいたソンソン町からカロリナスへの立ち退きを命ぜられ、私たちの家族は伯母の家族と別れて、母の知り合いを訪ねてマルポに向かっていきました。そこでは、連日連夜、空からの爆撃と海上からの激しい艦砲射撃、それに地上からの砲撃で、弾丸の雨が降り注いだそうです。

父と母そして弟は、私と一緒に爆撃から逃れるために、同じ防空壕に潜んでいながら、飛んできた破片に当たって亡くなってしまいました。強烈な爆風の中で、せめてひとりだけでも生き延びて故郷沖縄へ帰したいと思う父母の一念で加護されたのか、私は、飛んできた破片で今にも切断しそうになった左足の薬指と左目の下に傷を負いましたが、奇跡的にも助かりました。その時父は、防空壕の入り口あたりにいて、砲弾を受けるやそのまま即死状態だったようです。弟もその場で亡くなりました。母は砲弾で深く傷を負い瀕死《ひんし》の状態でした。その壕の中にはもう一家族が生き残り、壕を出ていくその家族の方に、母は自分の息子も一緒に連れていって欲しいと頼んだそうです。しかし、その家族も自分の家族だけでも生き延びていくのが精一杯で、よその子どもまで預かって無事に連れていく自信がなかったのでしょう、私と母を残してその壕を出ていかれたようです。母は幼い私の前で、私の行く末を案じながら息を引き取られたと思います。享年、父三十歳、母二十三歳、そして弟は一歳の誕生日を迎えたばかりでした。

八月二日に、テニアン島も陥落してしまいました。そして、十一月に入ると、サイパン島からのB29爆撃機の襲来による本土空襲が始まりました。

国家間のプライドを懸けた残虐《ざんぎゃく》な戦争によって、何の罪もない幼い子供たちが親から引き離され、多くの戦争孤児が生まれました……。私も……そのうちのひとりになってしまいました。

爆風で吹き飛ばされた土埃《つちぼこり》の中にひとりでいた私は、米兵によって防空壕から拾い出され、孤児収容所に収容されました。そこでは、島の人や朝鮮の人たちが、負傷していない、親のない子どもをもらい受けようと、収容所の周りを取り囲むように集まっていました。同じ郷土の女の人が、偶然にも、収容所の孤児たちの中にぽつんとひとりでいる私を見て、もしや同郷の知り合いの息子ではないかと気がかりになり、父の姉にあたる伯母に急いで連絡をとりました。その知らせを聞いて孤児収容所に駆《か》け付けてきた伯母の顔を見つけるや、爆撃を逃れるため離れ離れになって間もない伯母の胸に抱きついて、私は大きな声を出して泣きながら、「オトウも死んだ。オカアも死んだ。ケンジも死んだよ」と言って、父が……母が……そして弟が……どのようにして亡くなっていったのか、その時の様子を詳しく話していました。伯母は、私の母がどうしても友達のいるマルポに行きたいと言って伯母の家族と別れていくときのことを思い出し、あの時もっと強く引き留めておけばよかったと悔やんでいました。しかし、昼夜を問わず空と海から爆撃を受け生死をさまよう戦況の中では、どちらの家族が生き残れるのか自信が持てなかったのです。治療にあたっていた米兵が、今にもちぎれそうになっている私の左足の薬指を指さして、この薬指を切り捨てようかとその措置《そち》を聞いてきました。伯母はできたら薬指をそのまま足の根元にくっつけておいて欲しいと頼んだそうです。幼児の頃の傷だったせいか、幸いにもその薬指は化膿《かのう》することもなくそのまま今もくっついており、ひ弱であるが他の四本の指とともに私の左足を支えています。

傷の治療のため診療所に残されている私のところに、父の従弟《いとこ》と伯父の妹が揃って見舞いに訪れた時のことでしたが、二人の話し声を聞いているうちに、忘れかけていた父や母の声を思い出したのか、急に大きな声で泣き出し、延々と一晩中《ひとばんじゅう》をとおして泣き止まなかったそうです。その夜の大泣きで心が癒《い》やされ、すべての思いが洗い流されたのか、この戦火の中を自ら身をもって体験しながらも、物心ついた頃には、戦時中に起きたあの忌《い》まわしい出来事や父母の姿形もすべて忘却の彼方に消え去っていました。おぼろげではありますが、緑色をした一面のさとうきび畑や大きなカボチャの実が私の脳裏をほんのりとかすめていくだけです。

引き揚げ

テニアン島が陥落して一年後の昭和二十年八月六日に広島に原爆投下、八月九日に長崎に原爆投下されました。テニアン島が原爆を投下する爆撃機の発進基地となっていたのです。そして、八月十四日ポツダム宣言受諾、八月十五日に全面降伏して太平洋戦争は終結となりました。

やがて、外地引き揚げが始まりました。

昭和二十一年二月二十七日、私は、伯母の家族と一緒に南洋群島のテニアン港から引き揚げ船LST艦に乗って故郷沖縄に向かい、三日間ほどかかって、三月二日に沖縄の久場崎《くばざき》の港に帰ってきました。故郷沖縄もこの太平洋戦争で米軍が昭和二十年四月一日に上陸して地上戦となり、民間人を含め多くの人々が亡くなり、廃墟《はいきょ》と化していたのです。未だ冬の名残を残した肌寒い曇りがちの時節でした。港に迎えにやってきた祖父は、引き揚げ者の中に自分の息子の姿が見あたらず、孫の私ひとりしか帰っていないことを知って、大変がっくりし、どこか誰もいない遠いところに逃げ出したい衝動《しょうどう》に駆られて、気落ちしたそうです。祖父は、その時五十八歳になっていました。私は、その頃には亡くなった父や母のこともすっかり忘れ、伯母の家族の一員になりきっており、従兄弟《いとこ》たちと同じようにいつしか伯父や伯母を、オトウ、オカアと呼ぶようになっていました。ところが、この島に上陸するや否や、父の親にあたるという祖父がやってきて、いきなり伯母の家族から私だけを引き裂《さ》くように引き取っていきました。私は、その事態がのみ込めず、従兄弟たちの家族から引き裂かれていくのを拒《こば》もうと、必死になって暴れて抵抗し、大きな声で泣きじゃくりました。

朱のおもちゃ

南洋群島のテニアン島から引き揚げてきた時の私の年齢は、五歳になっていました。

伯母の家族から引き取られてきた父の実家は、沖縄本島中部のうるま市（旧与那城町）屋慶名《やけな》にありましたが、そこには、祖父と祖父より二十歳も若い後添《のちぞ》いの祖母の二人が住んでいました。父の実母は、父が五歳、伯母が八歳の時に、その時の流行《はや》りの病ですでに亡くなっていました。その家には親戚の子供たちが私を励まそうと集まっていました。祖父や祖母も私にとっては初めて会うような人であり、集まっている日焼けした子供たちも誰も知らない人ばかりでした。テニアン島で使っていた標準語しか話せなかった私には、屋慶名の島言葉《しまくとぅば》（方言）で話している子供たちがどんな話をしているかも理解できず、来る日も来る日も、顔を歪《ゆが》め苦虫《にがむし》をかみつぶしたような泣きそうな顔でうつむいていました。子供たちがこの様子を見て、私を笑わせて仲間に入れようとおどけたことをして励まそうとしましたが、どうしてもそのようなことに意固地《いこじ》になり、素直になれずにいました。

祖父はこのような私の様子を気にして不憫《ふびん》と思われたのでしょうか、ある時私に向かって何か欲しいものはないかと声をかけてきました。怖《こわ》そうな祖父が優しく話すので、私は遠慮がちに「あれが欲しい」と、私の小さな手では届きそうもない仏壇の上に安置してある位牌《いはい》を指さしていました。新しくて真っ赤に塗られた鮮やかな色合いがあまりにも珍しく、数日前から気になって見とれていたので、仏壇に安置《あんち》してあるその位牌がおもちゃ代わりに欲しかったのです。それは、祖父が数日前によそに出かけていって取り揃えてきたもので、朱塗《しゅぬ》りの漆《うるし》でカラフルな個人用の小さな木牌《もくはい》を奇数枚横に並べる列記式の位牌でした。祖父は私の申し出に全く対応してくれませんでした。祖父はきっとなんてことを言うのかと、戸惑《とまど》いと寂しさが入《い》り交《ま》じった複雑な心境だったと思います。祖父が、父と母そして弟の供養にとよそで位牌に金文字の名前を書き込んでもらってきたのでしたが、私がそのことを知る由もありませんでした。

独楽（コマ）

そのような時でしたが、年上の男の子がどこからか、壊《こわ》れた機械の部品から取り外してきたものでしょうか、金属製の小さな独楽を持ってきて私に得意そうに見せ、右手でその独楽を持ちあげ、糸で巻いてからグルッと回し始めたのです。私にとっては、初めて見る珍しいものでした。その独楽は、はじめは姿勢正しく一本足でグルグルと回っていました。私はその一本足で回るこの独楽が珍しくジーッと見つめていました。やがてこの独楽は回り疲れると、今度はフラフラとよたつき始めました。つい先ほどまでは直立不動の姿勢で回っていたのが、力尽きて、今か今かと倒れそうになってきたのです。私はその独楽がフラフラしながらも力をふりしぼって頑張っているおかしな振る舞いに、「独楽、がんばれ、がんばれ」と大きな声で応援に夢中になっていました。やがてその独楽が力尽きてヨタヨタと倒れかけるや否や、今まで抑えてきたものがこらえ切れなくなったのか、「ワッ！」と一気に腹の底から湧き出すような大きな叫び声をあげていました。そして満面の笑顔で笑い出したのです。

周囲に集まっていた子供たちは一瞬びっくりして、初めて笑った私の顔を覗《のぞ》き込み様子見をしながら、キョトンと眺めていました。しばらくすると、皆で大声で叫んで「笑った、笑った」と喜びハシャギ回っていました。私が親から離されて以来、初めて人前で笑い出すようになったのは、そのような独楽との出会いがあった日からでした。その時は、これからの自分の人生が、独楽の歩みのようにフラフラ、ヨタヨタしながらも、自分のありったけの小さな力をふりしぼり、必死になって人並みに独り立ちすることを余儀なくされるのも知りませんでした……。

幼稚園

祖父母との生活が始まってしばらくしてからのことでした。祖父は、この地に住み始めて右も左もわからない私を、朝早く食事がすむと、いきなり幼稚園に連れていきました。その日は幼稚園の入園式の日でした。私は、幼稚園に通う年齢になっていたのです。祖父はみんなと一緒になって遊戯《ゆうぎ》をやるようにと、私の背中を突《つ》ついて促《うなが》したのです。初めて見る先生も園児たちもほとんど見知らぬ人ばかりでしたので、私はうつむいたまま突《つ》っ立っていました。すると祖父は、いきなり、

「みんなはあのようにちゃんと整列して楽しそうに遊戯をやっているのに、お前はどうしてできないのか」

と言って、ゴツゴツした太い大きな指で私のモモをギュッとつねるのです。私はそ

筆者が幼稚園に通っている頃
向かって、右端が筆者、中央は伯父とその子供たち

の痛さにたまらず声を出して泣き出しました。その日はそのままずっと泣いていました。

　二日目も昨日と同じように祖父が幼稚園に連れていきましたが、私はその日も園児たちの輪に入ろうともせず、突っ立っていましたので、あの太い大きな指で何度も何度も繰り返しモモをつねられ、その痛さに耐えながら顔を手で押さえ、シクシクと泣き疲れるまで泣いていました。

　そして、三日目の朝がやってきました。祖父が「今日も、一緒に幼稚園に行こう」と、昨日のことなどすっかり忘れたかのように私のところにやってきました。祖父が迎えに来るのを今か今かと朝の目覚めの時から待ち受けていた私は、夕べ寝る時からずっと考えていたことを、恐る恐る祖父に言い出しました。「おじいちゃんは、モモをちんじるから、今日からは自分ひとりで行く……」と。甘えて頼る親もなくひとりで生きていく術《すべ》は、いやでも応でも自分自身のことは自分で決めてやっていくしかない……。そのことを、祖父がギュッとつねるモモの痛みの中で、子供心にも感じ取っていったのです。祖父は、その時ひとりで行くという私の申し出をびっくりしながらも喜んで受け入れていましたが、気がかりで後から気付かれないように付いていきました。孫が初めてひとりでテクテクと、園児たちの輪の中に入っていく後《うし》ろ姿を、離れている土手のところから見届けると、ホッと胸をなでおろしたそうです。

ゴーヤーチャンプルー

私が祖父の手も借りずに明るく元気になって、幼稚園に通っている頃のことでした。祖父もその頃は勤めに出ていて生活にある程度の余裕のある時でした。夕飯の時刻になって、祖母が家の裏側にある小さな畑で育てたゴーヤー（にがうり）をもぎ取ってきて、それを油で炒《いた》めたゴーヤーチャンプルーを食卓に持ってきたのです。それが夕飯のおかずでした。それを初めて口にしたら、今まで食べたことのないあまりの苦《にが》さにこらえきれなくなって苦くておいしくないと愚痴《ぐち》をこぼしたのです。せめて卵が入っていれば少しは苦みも薄《うす》められたのですが、その当時、卵は風邪をこじらせて熱が出て体力が弱った時や、運動会の行事の時にしか口にすることができない高価な食べ物でした。駄々《だだ》をこねる私に祖母は、「食べたくなければ食べないでいい」と言って代わりの食事も与えられませんでした。その晩は、泣き疲れてお腹を空かしたまま寝てしまいました。

苦くておいしくないから食べられないと、どんなに駄々をこねてもがいても、誰かがやってきて手助けしてくれる人もいないし、お腹を空かしては、生きていくことさえもできない……。それがその時の心境でした。このお腹を空かした命がけの出来事に対峙することで、自分ではどうすることもできない現実があることを、幼稚園に通っている頃に体験したのです。

鼻と豆

元気で幼稚園に通うようになって、次第に友達の中にも打ち解けるようになってきました。その頃、年上の男の子たちの間では、小さな豆を鼻の穴の前に載せて、鼻の奥から大きな力で息を吐《は》き出し、宙に浮かせる遊びが、流行《はや》っていました。男の子たちが魔術師のように思えて、自分にもできはしないかと考えました。そこで、男の子たちが豆を宙に浮かせているのを見よう見まねしながら、私も一粒の豆を右側の鼻の穴の前に載せて、鼻に大きな力を入れてみました。ところが、その豆は、宙に浮くどころか、逆に鼻の中に入り込んでいきました。力を入れるたびにその豆は、鼻の奥にドンドン入り込んでいったのです。私は不安になってあわてましたが、どうすることもできません。やがて泣き出して祖母のところに行きました。祖母に、豆が鼻の奥に入り込んで取り出すことができないことを話しました。祖母は、鼻を覗《のぞ》き込みながら豆を取り出そうとして、私の鼻の奥から息を吐き出すようにと力を入れるようにと何度も指図《さしず》を受けましたが、豆は逆にますます鼻の奥に入り込んでいきました。私は鼻をかむことを知らなかったのです。やがて私は、泣き疲れて寝てしまいました。私が眠っている間に、祖母がそっと鼻の奥から豆を取り出していました。いつも鼻汁を垂《た》らしていて、鼻汁が垂れてくると逆に吸い込んでいたのです。それまでは、垂れた鼻汁を取ってくれる世話をする人もなく、祖母も嫌がって垂れるがままに放っておかれたのです。私は、その時から、鼻汁を強い鼻息で外に出して鼻詰まりを取り除く術を覚えていったのです。子どもが風邪《かぜ》を引いたときに、母親が、愛する我が子の鼻詰まりの症状を解消するために、母親の唇で鼻汁を吸い上げることを、自分の子供が誕生して初めて知りました。

子どもの戦果

私の家から八百メートルほど先の西のほうの高台《たかだい》に、支那陣地《しなじんち》と呼ばれている基地がありました。そこには、アメリカやフィリピン、そして朝鮮の兵隊などが駐留《ちゅうりゅう》していました。その駐留軍の兵隊たちは休みの日になると、私たちの住んでいる地域に下りてきて、我が物顔で闊歩《かっぽ》していました。時には、規律を守らない兵隊がいたのでしょうか、武装した憲兵がやってきて、兵隊を捕まえてジープに乗せて基地に戻っていきました。このようなことは、日常のように繰り返し行われていました。そのような時代でしたが、その支那陣地の近くで友達と一緒に遊んでいると、若い米兵が高い土手の所から、アメリカ製のお菓子や煙草をこれ見よがしに、私たちに投げつけていました。私も友達と競い合って、われ先にとそれらの品に飛びついていました。その時は、恥《は》ずかしさもなく、惨《みじ》めな思いなども一寸《いっすん》たりとも考えることはありませんでした。私が飛びついたのは、外国製の煙草《たばこ》一個でした。私は、初めて手に入れたその煙草を「おじいちゃんに、あげるんだ」と、一目散になって家に持ち帰っていきました。祖父が、酒はあまり飲まないが煙草を喫煙しているのを知っていたのです。こうして手に入れた外国製の品物を、その当時、子どもの間では「戦果《せんか》」と称していました。

うさぎとかめ

小学校の入学式が間近に迫った、ある日のことでした。祖父が私の小学校の入学式に間に合わせるように入学の手続きのために役所に出かけていきました。役所から帰ってきて祖父が言うことには、誕生した時から呼ばれていた「セイシン」という私の名前を変更して「セイエイ」に変えてきたと話すのです。祖父は、父や母が決めた私の名前を、姓名判断で見てもらったら、良くない結果が出たので変えたと言うのです。多分、その当時は戦争のどさくさで戸籍簿《こせきぼ》が役所で紛失したので、各自の届け出により戸籍簿の改製が行われたために、私の名前も容易に改名できたのかもしれません。入学してからは学校では「セイエイ」と呼ばれ、帰宅して友達と遊ぶときは「セイシン」と呼ばれていました。学校で「セイエイ」と呼ばれる自分の名前に違和感を覚えながら、その名前になじむのには時間がかかりました。

学校から帰ってきて友達と遊んで話しているうちに、次第に抑揚《よくよう》のある屋慶名独特の島言葉（方言）を覚えてきました。そこである時、覚えたてのこの島言葉を、家で使って自慢したいと思い、祖母に島言葉で話しかけたのです。その言葉を耳にした祖母は、私がビックリするほど大変驚いていました。その当時は、厳しいほど標準語が励行されている時代でした。祖母は「学生はきれいな標準語で話をするのが、一番学生らしい」と言って、こっぴどく叱られました。それから後は、家では祖母に叱られるのが怖くて標準語でしか話をしませんでした。

その標準語を使うことが認められたのでしょうか、私は学芸会の出演者に選ばれました。当時の学芸会は、各クラスの中から発表力のある生徒を、担任の先生が推薦《すいせん》する仕組みになっていました。その劇の演題は、「もしもし　かめよ　かめさんよ　世界のうちにお前ほど歩みののろい……」で始まる「うさぎとかめ」でした。私にはかめの役が振り当てられました。ガリ版で刷られた「うさぎとかめ」の台本を担任の先生から手渡され、演劇の演習が始まるまでにかめのセリフを覚えておくようにと、さしずを受けました。恵まれない短い脚で長い脚のうさぎに遅れまいと、ありったけの力でコツコツと頑張るかめの生き方が大好きで、私は、心を込めてかめのセリフを覚えていました。ところが、学芸会が近づきつつあると言うのに、いつまで経っても、あの時以来、担任の先生からはなんの話しかけもないのです。先生は私に台本を渡したことをすっかり忘れてしまったのかもしれません。私は次第に不安になってきました。やがて耳にしたのは、すでに私と同じクラスの他の生徒が毎日放課後に、かめの演習をしているというのです。私はいつの間にか、訳のわからないままにかめの役を外《はず》されていたのです。そのときの事情について、担任の先生からは一言のお話もありませんでした。先生には、なんらかの事情が生じたのかもしれません。未だ幼い年頃とはいえ、そのショックは大きかったのです……。

それまでは、学校に出かける時も、学校から帰ってきた時も、また朝夕の寝起きの時も、祖父母に大きな元気な声で「おじいちゃん、おばちゃん」と呼んで、きちんと頭を下げ、丁寧にお辞儀《じぎ》をして挨拶《あいさつ》し、亡くなった父や母のこともすっかり忘れて、明るく素直《すなお》になっていました。ところが、そのことがわかった日を境《さかい》に口をつぐみ、すべての挨拶ができなくなってしまいました。その時、この悔《くや》しさを素直に打ち明けて話のできる頼《たよ》れる人が、傷ついた私の周囲にはいなかったのです。むしろ、かめの役から外されていることが知られていて、周囲からは私の至らなさがあってこのようになったのではないかと、その内情も知らないで冷たく私を責めるのです。それからは、学校の授業で声を発して教科書を読む自信を失ってしまいました。国語の時間に担任の先生から、教科書に書かれているところを、読むように指名され、どんなに叱られ小突《こづ》かれても、声を発して読めなくなってしまったのです。家に帰っても、学校の授業で国語の教科書を声を発して読まないことが知られていて、祖母には叱られ、親戚の人には素直さがないと殴《なぐ》られ、それでも弁解する術もなくただ黙り込むばかりでした。

赤いりんご

小学校一年次の三学期の頃でした。毎日咳《せき》が続いていたので、初めの頃は風邪をこじらせているものと思っていました。ところが、その咳がひどくなり、何度も何度も咳を繰り返し、苦しくなると笛のような声を発して、深く息を吸い込んでいました。食べるものはすべて吐《は》き出していました。私は、伝染病の百日咳に罹《かか》っていたのです。学校にも登校できなくなっていましたが、出席扱いにされていました。定期の試験は担任の先生に自宅まで届けてもらい、答案を書いていました。食べるものも貧しい頃で、日に日に痩《や》せていきました。病院からの薬もすごく苦かったので嫌《いや》がり、祖母が私の身体を力ずくで押さえ、口を開けて飲ませていました。祖父は、そのような孫の様態《ようたい》を見て、なんと恵まれない星のもとに生まれてきたのかと嘆いたそうです。そのような時でしたが、近所に住んでおられるおばさんが、私の見舞いにやってきました。「清《せい》ちゃん、今何が食べたいの」と親しみを込めてニコニコしながら、話しかけてきました。私は一瞬、返す言葉が出てきませんでした。食べたものはすべて吐き出していたので、それに答えることができなかったのです。黙っている私に再び同じ問いかけをしてきたので、しばらく考え込んでいました。そしてはにかみながら、その言葉に誘われるように、「りんご……」と返事をしてしまいました。その頃、「赤いリンゴにくちびるよせて……」と歌手の並木路子が元気で軽快に歌う「リンゴの唄」が毎日のように耳に入ってきました。りんごを手に入れるのは無理なことだとは思いながら、子供心にも赤いりんごを食べてみたかったのです。おばさんは私の返事を聞いてホッとしたのか、ニコニコしながら帰っていかれました。その後も、咳の症状は変わりなく続いていました。りんごのこともすっかり忘れかけていた頃、あのおばさんが突然訪ねてこられ、どこから手に入れてこられたのか、約束のりんごを数個持ってきたのです。私は、びっくりしましたが、その当時なかなか手にすることもできない赤いりんごを買い求めて、隣近所とはいえ私のところに届けられた、おばさんの情けと優しさに嬉しくて大変喜んでいました。おばさんは、赤いりんごを届けるとしばらくお話をしてお帰りになりました。

私は、祖母が今すぐにもその赤いりんごの皮をむいてくれ、食べさせてもらえると思っていました。ところが、祖母は、私がりんごをそのまま齧《かじ》って食べると、りんごの残りかすまでも呑《の》み込んでしまい、それがもとで咳がもっとひどくなるのではないかと心配していたのです。そこで祖母は、大根《だいこん》おろしの調理器具を持ってきてりんごをすりおろした後に、さらにそれを薄いハンカチのような布で包み込んで押さえつけ、そこからりんごの汁を絞《しぼ》り出したのです。その絞り出したりんごの汁を茶碗に入れて、私のところに持ってきました。私は渋々《しぶしぶ》ながら祖母の言われるままに、その茶碗を両手で包み込むようにして、りんごの汁を一気に飲み干《ほ》していました。ところが、そのりんごの汁は私が期待したような、「リンゴの唄」から聞こえてくるさわやかな甘い香りのりんごの味ではありませんでした。私は、りんごの甘い香りを味わいながら思いっきり齧って食べたかった……。こうして、数十年の歳月が経《た》った今になっても、私が欲していた赤いりんごを持ってきてくださったおばさんの優しい心くばりに、感謝の気持ちと甘酸《あまず》っぱい思いが、忘れられずに残っています。しばらくすると、私の咳の症状も治《おさ》まりかけ、次第に体調も回復の方向に向かっていきました。

校門のかしの木

元気になって一年次も無事に修了できましたが、進級した二年次、三年次も、国語の時間に声を発して教科書を読めない状態が続いていました。

小学校三年次の修了式が終わって、学校が春休みに入った時でした。時の流れに心が癒やされてきたのか、いつまでもこのように学校の授業で、声を発して教科書を読まないでいることは、自分にとって良いことでないと考えるようになっていました。そこで考え付いたことは、四年次に進級して使う国語の教科書を早めに手に入れて、毎日大きな声で書かれている文章を読む練習を始めたのです。教科書の最初のページに掲《かか》げられている題名は「校門のかしの木」となっていました。校門に植えられて四十五年にもなるかしの木が、毎日元気で学校に登校してくる生徒たちを、温かく迎え見守っている内容でした。

「夜明けの風が流れてくる。中庭のキャベツが、なたねが、ヤギ小屋が、ぼうっとあらわれる。どこかで小鳥が鳴いた。チチ、チチ、ピークイ、ピークイ、チチ、チチ、チチ。教室のまどは、まだねむりがふかい。校門のかしの木は、目をさまして、しずかにしんこきゅうをした。『さあ、きょう、いちばんはじめにくるのは、だれかな』」

そのような出だしで始まる文章が、数ページにわたって掲載されていました。私は学校に登校してくる子供たちを大きな包容力で温かく見守るかしの木の思いが大好きで、声を発して繰り返し繰り返し読み返しました。何度も何度も読みこなしたので、やがて教科書に書いてある文章を見なくても諳《そら》んじるようになっていました。

まもなくして、四年次の新学期の登校日がやってきました。その日は、全校生徒が校庭に集合し、校長先生が全校生徒への進級のお喜びのお話と訓示がありました。その後に、各学年とも恒例のクラス分けが行われました。私のクラスはC組に決まりました。担任の先生は学校の先生になって二年目の、背のすらりとした若くて元気のある女の先生でした。先生はこれから一年間担当することになった私たちを、校庭の片《かた》隅《すみ》に連れていきました。その日は、自分たちの教室がどの教室に入るのか、まだ決まっていなかったのです。そこで先生は、生徒たち全員を草むらに座らせて、さっそく授業を始めることにしたのです。先生はこれから担当する生徒の名前の確認を終えてから、今日は国語の勉強をしましょうとおっしゃって、生徒たちが持参している国語の教科書を開くように指示されました。私もその指示に従って国語の教科書をカバンから取り出して開いていました。すると先生がいきなり次のように話し出したのです。「この教科書の最初のページに書かれている文章は『校門のかしの木』ですね。この『校門のかしの木』を、教科書を見ないで読むことのできる生徒は手を挙《あ》げてください」

と。教科書を見ないで……と耳にした私は、胸の動悸《どうき》が一瞬のうちに高まり、身体中に温かいものが流れていくのを覚えながら、身動きもしないでジーッと静かに黙っていました。その静寂《せいじゃく》の中で、誰も手を挙げようとする生徒はおりません。やがて私は周囲の様子を見回しながら、胸の高まりを抑え込むように、唐突《とうとつ》にも、恐《おそ》る恐る右手を挙げていました。思いもしないところから急に手を挙げた私に、先生はビックリされたようでしたが、にっこりと笑顔で、「セイエイ君」と呼んで、「校門のかしの木」について、教科書を見ないで読むことを指名されました。私はかすかに足が震《ふる》えるのを覚えながらも、立ち上がっていました。そして、指示された「校門のかしの木」を、緊張した中にもはっきりした大きな声で、二年余りの長いブランクを埋めるかのように、人前でしかも教科書を見ないで最後まで一気に声を発して読み上げていました。

ユキ先生

しばらくして、クラスの家庭訪問が始まりました。父兄の授業参観日には、誰も一度も学校に来たことはなかったが、毎年の家庭訪問は、祖母が担任の先生に応対していました。先生に家庭訪問されるのは、両親がそろったよその家族のように人並みでないことから、子供心にもあまり心地よいものではありません。できることなら避《さ》けて通りたい思いでした。このような時ほど、母親が生きていてくれたらと思ったことはありませんでした。これまで「母の日」には、母親のいる子どもは赤いカーネーションを、母親のいない子どもは白いカーネーションをそれぞれの母親に捧げると、遠い国の話を聞かされ、常日頃から母親がいないことを気にかけているのに、この記念日の行事があることで、より一層自分が惨めに思えて嫌になりました。カーネーションの花がどのような花なのか、直視できませんでした。

やがて先生は、私のところにも、家庭訪問されました。家庭訪問が終わった翌日のことでしたが、先生がポツリと私に話しかけてきました。

「セイエイ君、先生……家に帰って、泣いちゃった……。いつも学校ではあんなに元気で明るいものだから……。まさかご両親がいなかったなんて……」

先生は、私のことで涙を流されたのです。

祖父は当初から生活態度には殊《こと》の外《ほか》厳しく、親がいないからといって決して甘やかすことはしませんでした。学校から帰ってくると、草刈りや畑仕事を手伝うことが、私の日課になっていました。夜、祖父と一緒に横になって寝るときに「ああ、疲れた」と言って、額《ひたい》に右手を当てようとすると、祖父のごっつい手が飛んできて叩《たた》かれ、すごく痛い思いをしました。まさに口で言うより手の甲が早い勢《いきお》いでした。「どうしておじいちゃんは、こんなに叩くの」と、私が素直に問いかけると、祖父が言うには

「生きることに疲れたような格好をするのは惨《みじ》めでみっともない」と諭《さと》すのでした。

祖母は、後添いで祖父と一緒になりましたが、子供はおりませんでした。私が祖母に懐《なつ》かなかったせいか、私の素行《そこう》が気に入らなかったのか、いつも大きな声で叱られているように思いました。

小学校二年次の時でしたが、休み時間にクラスの友達と遊んでいるときでした。校庭で、真ん中に置かれた丸木を支点にしてその両端の長い板を交互に上下するシーソーに乗って、ギッタンバッコン、ギッタンバッコンと、上級生の男の生徒たちが楽しそうに遊んでいました。この様子を見ていた私は、その生徒たちの楽しそうな遊びに気を引かれて、私もこのシーソーに乗ってみたくなりました。ちょうどそのシーソーに空《あ》きが来たので、我先にとはしゃいで乗り込みました。こちら側の長い板が上がり、そして下がった時に突然、左手の指に激痛が走ってきました。長い板の下側を左手の中指で掴《つか》んでいたために、左手の中指と薬指が地面に挟《はさ》まれ、血が飛び散ったのです。若い担任の女の先生が事故の知らせを聞いて、びっくりして駆けつけてきました。担任の先生は、私を急いで治療のために病院に連れていきました。幸いにも二本の指の指先を、怪我しただけで済みました。先生は、怪我をした私を心配して、家まで連れていきました。先生は、左手に包帯の巻かれている傷のことを祖母にお話ししようとしました。ところが祖母は、血のにじんでいる包帯を見て気が動転したのか、大きな声で私を激しく叱りつけたのです。若い女の先生はびっくりして、急いで私をかばうように家から連れ出して先生のご自宅に連れ帰っていきました。私は、その日の夕方には叱られることを覚悟《かくご》して、ひとりで家に戻っていきました。祖母は、子供の扱い方がわからないままに、自らの感情を自制できずに応対していたのです。親のいない私の素行を少しでも良くするための躾《しつけ》のつもりであったと思いますが、幼少の頃は、祖母や伯母に私の行いが目に余る良くない行いと言われては、厳《きび》しく叱《しか》られていました。幼かった私にはそのことが理解できるほどには、成長していなかったのに……。時には感情に走って「ヒナグヌウヤ（母親）に似て……」と母親に託《かこつ》けて言われるのには、父親よりも母親似と常日頃から言われていたので、戸惑いがありました。母親の姿かたちも思い出せずすでに忘れているのに、私の良くない行いで、遠いところにいる母親が叱られているようで、子供心にも心が痛みました。祖母や伯母に、母親のことを私の方から進んで聞き出すようなことはできませんでした。親なし子の私が、このように生活の面倒を見てもらっているのに、それに満足もしないで、母親を恋しがっていると思われたくなかったのです。

そのような時に、私のことを思い、涙を流す先生が、私の担任の先生になられたのです。私は先生の温かい涙で、心が救われていくような思いでいました。それからは、次第に明るさを取り戻し先生に心置《こころお》きなく接することができるようになりました。担任の先生のお名前は、私が幼い頃によく耳にしたような、亡き母と同じユキという名前でした。私はユキ先生、ユキ先生と呼んで、私の胸にぽっかりと空洞化《くうどうか》した穴を埋めようとしたのか、しきりに先生に懐いて甘えました。

先生は、学校の休みの時にも、ときどき、私の家に寄られて、学校に連れ出していました。そのときは私が家事の手伝いをしていても、祖母は断ることはしませんでした。また先生方の団体旅行の時にも、同じバスに乗って今では見当たらない「名護の七曲《ななま》がい」を通って、北部の観光旅行に一緒に連れていってくれたり、それから、あの当時なかなか行けなかった那覇での音楽会にも連れていってもらいました。同じクラスの生徒たちも先生を慕《した》ってやんちゃなことをしていましたが、その中でも慈悲《じひ》のお気持ちで親のいない私を可愛がってくださり、先生の御恩は決して忘れることはありません。先生はその当時独身でしたが、生徒たちがとても可愛くてご自分の子供や弟のお気持ちで接しておられたのです。先生は、ご健在で米寿を迎えられ、あの当時の生徒たちが集合して、先生のご健在をお祝いすることができました。

私が成人となり、公認会計士事務所を開業した時は、先生に大変喜んでいただきました。また私の結婚式の媒酌《ばいしゃく》の労を先生ご夫妻にお願い申し上げて、ささやかな式を挙げることができましたことは、私にとってこの上ない喜びでした。

セントウ（戦闘）

小学校五年次の時は、少年時代で最も遊び盛《ざか》りの年頃でした。真っ黒に日焼けした男子生徒は、授業が始まっても次の休み時間が待ち遠しくてたまらないような、生き生きとした目の輝きをしていました。遊ぶ用具が何もない時代でした。授業の合間のわずか十分ほどの休み時間でしたが、いろいろ作戦を練《ね》って、闘争心旺盛《おうせい》に対戦相手に対して、全力を尽くして勝つことを考えていたのです。その遊びは、男子生徒の間では「セントウ」と称していました。右足を後ろの方に曲げ、その足の甲を左手で掴《つか》み、左足でピョンピョン飛び跳《は》ねながら、右腕で胸を防御するようにして作戦態勢を作り、相手にぶつかっていって、相手を倒すことを自慢する遊びでした。右利きの人は左足で飛び跳ね、左利きの人は左腕で胸を防御して、右足でピョンピョン飛び跳ねていました。暑い盛りであるのに生徒たちは、裸足《はだし》のままで校庭に飛び出し砂ぼこりの舞う中を、照りつける暑さを苦にもせずに、来る日も来る日も飽きることなく、無我夢中になって「セントウ」を楽しんでいました。相手によっては苦手の人もおれば、くみしやすい相手もいて、それぞれが有利な戦い方を工夫して、相手にぶつかっていました。私も、相手に負けてなるものかと勝ち気になって、仲間に入って戦っていましたが、中には筋金《すじがね》入りの硬《かた》い筋肉質の人がいて、ぶっ倒されることもありました。

ある時、私はいつものように戦闘態勢を整えて、思いっきり力を入れて相手にぶつかっていきました。ところが、相手が急に腰を低くしたので、私の視界から相手が姿を消してしまい、そのため、私の力が有り余って、そのまま一回転して頭の後ろを地面の上に叩き付けられてしまいました。その後どのようになったのか、相手のことを含め、すべての記憶を失っていました。気が付いてみたら、担任の女の先生が、私を治療のため病院に連れていくバスの中でした。私は、頭部を打撲したその衝撃で脳震盪《のうしんとう》を引き起こしていたのです。しばらくして、失った記憶は戻りましたが、あの時の打撲が響《ひび》いて、記憶力が低下したのではないかと、今でもふと考え込んでしまうことがあります。

あの頃の男子生徒は、この「セントウ」をして汗を流し、無我夢中になって校庭で遊んでいました。生徒たちは、この時ばかりは、元気はつらつとし、熱いトタン屋根の木造校舎の中での暑苦《あつくる》しい授業のことなど、すっかり忘れていました。

弁当持参

三年次に進級した頃から、学校の授業が五時限または六時限になりましたので、四時限目の授業が終わるや否や昼食を食べに自宅に急いで帰っていました。食事が済むとその足で足早《あしばや》に学校に戻り、五時限目の授業に間に合わせていました。それが学校の近くに住んでいる生徒の毎日の日課になっていました。ところが、五年次の二学期に入った頃だと思いますが、学校の都合で決められたことで、これからは昼食時間は学外《がくがい》に一歩も出てはならないと、告げられたのです。全校生徒が弁当持参をするように、強制されたのです。弁当持参するようにと、先生が説明されるのを聞きながら、私はどぎまぎしてしまいました。まず祖母に弁当持参の話をしたら、即座に断られるに違いないと思いました。弁当といえば、白いお米のご飯に美味しいおかずが入っているものと、想像していました。その頃、家で作って食べた弁当といえば、運動会の時にしか目にしたことがありませんでした。これまでお昼の時間に家に帰って食べるものといえば、それほど上等でない芋《いも》と具の入ってない味噌汁を掻《か》き込み、満足したような顔をして学校に戻っていたのです。学校側は、芋弁当でもソーミンチャンプルーでもお腹を満たすものなら、なんでもよいと話していました。私の家は、弁当持参となれば芋弁当しか考えられませんでした。今時のように、石焼《いしや》き芋やお店で販売しているような、まっとうな芋を常日頃食べているのではありませんでした。日常の生活がいかに貧しかろうが、明日を信じて学業に励んでいれば、きっといつかは良い日がやってくるものと思い、家の貧しさなど微塵《みじん》も顔に出さず、小さな誇《ほこ》りを傷つけられまいと必死になって登校しているのに……。この弁当持参強制のおかげで、その貧しさをみんなの前にさらけ出さざるを得ないのかと、心が痛みました。幼くても、それなりの誇りを持っていたのです。クラスの友達もそれぞれが戦争の傷を引きずっていて貧しい時代でした。それでも学校側の指示に従わざるを得ず、貧しさの中で、しぶしぶ生活力に応じた弁当を持参していました。私も恥ずかしい思いをしながら、芋を杓文字《しゃもじ》でつぶした弁当、俗に言われるウムニー弁当を持参していました。昼食時間は、教室の中でお米の弁当を持参してくる生徒と一緒になって食べることもできず、コソコソしながら惨《みじ》めな思いで教室の外で食べていました。後になって耳にしたことでしたが、その当時お米の弁当を持参できた生徒は、自分たちだけがおいしいお米の入った弁当を持参できることに、むしろ肩身の狭い思いをしていたそうです。この強制による弁当持参は実行されましたが、保護者からの申し立てがあったのでしょうか、いつとはなしに、立ち消えになっていました。この弁当持参のお話は学校給食がない時代の頃のことで、今にして思えば懐かしい出来事ですが、子供にはどうすることもできない貧しさの中での強制は、子供心に配慮を欠き、やるせない心の傷を残すことであったと思います。

三線（サンシン）

私が中学一年次の頃で、旧暦では十二月の初旬の肌寒いムーチーの時節でした。祖父が、病院で左手の治療のため入院していました。その病院でのお世話も、ほとんど伯母に頼っていました。祖父が長い間病院に入院して帰ってこないものですから、私が入院している祖父を見舞いに行くことになりました。祖母が、サンニン（月桃《げっとう》）の葉っぱで餅《もち》を包んでこしらえたムーチーを祖父に味わってもらうために、私はそのムーチーを持って出かけました。サンニンの香りが心地よく漂《ただよ》い、手の手術も無事に済んで元気になった祖父に会えると思うと、心も弾《はず》んできました。

その病院まではバスで一時間余りもかかる遠い場所にあるので、バス賃をどうにか工面《くめん》してバスに乗って行きました。ところが、バスが目的地に近づきつつあるときに、その病院のあるところがコザなのか、ゴヤ（胡屋）だったのか地名が似通っているようで、しかもバスに乗って、初めてひとりで行く場所なので、あやふやなことに気が付き慌《あわ》ててしまいました。目的地を通り過ぎてしまうと、手持ちのバス賃も足りなくなってしまう恐れがあり、帰りも不安になって、最初に着いたところがコザでしたので、用心してコザで降りてしまいました。通りがかりの人に、訪ねて行く病院の名称を告げてその場所を聞いたところ、その病院のあるところは、そこから一キロ先のゴヤにあると教えられました。その病院まで行くのに、再びバス賃を支払ってバスに乗っていくのも、少ない手持ちのお金が気になっていたので、嘉間良《かまら》の坂道を登るように歩いていきました。やっとのことで、その病院を探し当て、入院している祖父のところに近づいていきました。祖父は孫がひとりでムーチーを持って、このような遠いところまで見舞いに来たことを、驚きながらも大変喜んで迎えてくれました。ところが、私の視界には、祖父の左手がありませんでした。祖父はこの病院で、戦時中に痛めた左手を切断《せつだん》していたのです。

やがて終戦を迎えようとしていたある日のことでした。大きな軍用トラックが祖父の住んでいる屋慶名にやってきました。祖父は、日本兵が見回りに来たものと思い込み、喜び勇んでトラックに近づいていきました。ところが、突然そのトラックから降りてきたのは、これまで見たこともない大きな体つきの米兵の姿でした。小柄な祖父は、初めて見る米兵に銃《じゅう》を突き付けられ、押し倒されそうになりました。驚いた祖父は米兵が油断した隙《すき》を見計《みはか》らって、とっさの機転《きてん》で逃げ出していました。命からがら逃げだすことができましたが、その時、左手に傷を負ってしまいました。戦後は、その時の傷がもとで、左手が化膿《かのう》したりしてなかなかその傷口を治しきれなかったのです。

病院に入院したのは、長い間患《わずら》っていたその左手の傷を完治《かんち》するのに必要な手術をするためでした。その手術の後に左手に白いギプスを巻いていたのですが、数日後にそのギプスを取り外しましたら、その左手は手の施《ほどこ》しようのない状態になっていたのです。医療設備が十分に整っていない頃のことでしたが、手術の後の措置に誤りがあったのではないかと思います。そのため、やむを得ず左手を切断せざるを得なかったのです。左手を切断してからは、年老いた祖父には働き口がなくなり、右手一本で鍬《くわ》を持ち、わずかな借地畑を耕作して生計を立てなければならなくなりました。

　雨上がりの土曜日の午後のことでした。いつものように、学校から帰ってくると、畑仕事を手伝うことが私の日課になっていましたので、畑に行って芋の茎《くき》を鎌《かま》で刈って、それを土壌に植える手伝いをしていました。その畑は私が通っている中学校の裏側から三百メートルほど先にあって、生徒たちが放課後の楽しみにバレーボールやバスケットボールなどをやっているのが見えました。私が芋の茎を土壌に植え付けているとき、私の仕事振りを見ていた祖父が「そんな植え付け方があるか」と強い口調で言って、いきなり畑の土をわしづかみにして、私にぶっつけてきました。私のとっさの判断で身をかわすことができたのか、その土は私の体に直《じか》に当たりませんでしたが、追い払われるように逃げ出していました。確かに私の植え付け方は器用《きよう》でもなかったが、友達と遊ぶことも我慢《がまん》して畑仕事を手伝っているのに、どうして土を投げつけることまでするのか、私には不満が残りました。祖父は、片手では思うようにはかどらない自分へのいらだちと、役立たずの私の身が入らない仕事振りに怒りをぶっつけてきたのかもしれません。

サンシンヒチマクラ　タカンミヌガネコ
ウリトナワユシヤ　ユシジョフリグァ

「三線（サンシン）を弾かせて上手な人は、タカンミというところに住んでいる我如《が》古《こ》という人だ。その人と肩を並べて上手な人の名を挙げるとすると、素人ではあるが、それはユシジョ（旧姓　吉門）のフリグァ（祖父の愛称）である」と、若かりし頃から住んでいるこの地域でこのように唄われていました。その祖父にとって、三線を右手で弾きながら、その三線の上部の弦《げん》を左手の指で押さえ音色を調整しなければならないのに、その大事な左手を失ったことは、きっと言い知れぬ断腸《だんちょう》の思いでおられたに違いありません。祖父が若い時には、祝いの場で老若男女が次から次へとテンポの速いカチャーシーを踊るとき、その踊り手に合わせながら夜通し三線を弾き続けても、疲れた様子を全く見せず、踊り手側がやがて踊り疲れて音《ね》をあげるまで三線を弾き続けていたそうです。

高校進学

そのような生活苦の中で、やむを得ず生活保護世帯となり、いくらかの生活資金の給付を受けて生活の糧《かて》にしていました。中学校三年次の高校進学の入学試験の時節がやってきた頃です。村役所から生活保護世帯の家庭は、保護世帯のままでは高校進学はできないと知らせが来たのです。そのことを従姉《いとこ》に話したところ、従姉はすぐさま役所に出かけていって事の成り行きを聞いてきました。生活保護給付費を受けることのできるのは義務教育の間までであり、義務教育を終える子供がおれば、生活保護世帯には該当しないとのことでした。従姉はしつこいほど進学できる術を尋ねたところ、従姉の父親が保証人になるのであれば、進学は認められるとのことでした。従姉は手続きに必要な書類をもらい受けてきて、急いで書類を作成して提出しました。中学校三年次の時、私は家計の苦しいことも顧《かえり》みず、高校に進学することは同期の友達と同じように、当たり前のことと思っていました。伯母から後になって耳にしたことですが、私の高校進学については、祖父と伯母の間で話し合いがもたれ、伯母が高校だけはせめて人並みに進学させたいと祖父を納得させ、高校進学が実現したのでした。ところが、高校の入学試験も無事に合格し入学手続きも終えた頃、すべての生活給付費は容赦《ようしゃ》なく打ち切られてしまいました。義務教育を終えたら、たとい高校に進学していようがそれ以後の祖父や祖母の扶養は、一緒に生活している孫の私が自ら稼《かせ》いでやるべきだということでした。

通信簿

高校に入学してからも、学校から帰ってくると、変わることなく畑仕事を手伝うことが私の日課になっていました。土曜日の午後や日曜日も雨降りでない限り、当然のように草刈りや芋掘りに出かけていました。仕事の手伝いの合間を見つけては勉強し、中間試験や期末試験を受けていました。

一学期末には、その学期の学業成績の評価を示す通信簿をもらいました。高校に入学して初めてもらう通信簿でしたので、どのような成績になっているのか気がかりでしたが、通信簿を開いてみてびっくりしてしまいました。五段階の評価で成績を表示していて、八教科のうち六教科が五の評価、保健体育が四の評価でしたが、書道の評価がなんと一でした。認定されない単位の朱書きの一ではなかったが、私としては書道の時間は皆出席《かいしゅっせき》で、しかも、書道の宿題は一度も欠かすことなく提出していましたので、なんらかの手違いではないかと思いました。そこで、クラスの担任の先生に確認したところ、書道の先生からの報告書には、記載されている通りであり、誤りはないとのことでした。担任の先生は書道の先生に直接お会いして、確かめるように勧められました。その書道の教科は、教頭先生が担当されていました。教頭先生は生徒に柔道の指導も行っていて、体格もがっちりとしていました。いつも大きな太い声ではっきりとお話しなされ、威風堂々《いふうどうどう》としているようにお見受けしていました。教頭先生は同僚の先生方からの信頼も厚く、卒業した先輩からも慕われ、この高校の象徴的な存在でもありました。この教頭先生を尋ねることは、入学したばかりの私には大変勇気のいることでした。それでも、一との評価にはどうしても納得できなかったので、恐る恐る教頭先生を尋ねて行きました。ところが、教頭先生は、備えの成績簿を確認し終えると、ニコニコとしながら、通信簿に記載されている一の評価に間違いはないと、あっさりと答えられるのでした。私は大変がっかりしてしまい、書道の教科に自信を失いかけました。

長い夏休みも終わり二学期が始まると、私は気を取り直して書道の教科についても悪《わる》びれることなく、筆を手にして一心に学んでいました。もちろん他の教科についても熱心に受講して、中間試験、学期末試験をそれぞれいつものように受けていました。明日からは冬休みに入るという日に、学んできた二学期の成績を示す通信簿をもらいました。通信簿の成績は、八教科のうち四教科が五の評価で三教科が四の評価となり、芳《かんば》しくない成績でした。肝心《かんじん》の書道は一段階上がり二の評価を与えられましたが、その時は、教頭先生のところに尋ねるような元気も勇気もありませんでした。もともと書道は苦手でしたので、どのように頑張っても教頭先生の眼力《がんりき》にはとても敵《かな》わないものと思っていました。

　三学期に入りましたが、気落ちすることもなくいつもと変わりなく、学ぶ姿勢は、維持していました。一年次の最後の学期末試験も受け、修了式の日に成績を示す通信簿をもらいました。その時もらった通信簿の成績は一学年を通しての総合評価でしたが、八教科のうち五教科が五の評価、農業の教科が四の評価、保健体育が三の評価、そして書道の評価は一年間の努力が認められたのでしょうか、辛うじて三（普通）の評価に達していました。毎学期末に校庭で行われる朝礼の時間には、教頭先生が全校生徒に向かってその学期の学業成績を発表することが慣例になっていました。発表されるのは、全教科のうち、一教科の評価が三以上で全教科を平均して四・五以上の成績を収めた各学年の優秀な成績の生徒の名前でしたが、教頭先生が自らその名前を呼びあげ生徒たちに学ぶ姿勢を鼓舞《こぶ》し刺激を与えていました。私の成績は、この三学期になっても評価が一点足りなくて、平均四・五を満たすことができませんでした。しかし、書道の評価で三を与えられたことは、私にとってその後の学習に対する姿勢に大きな自信となりました。

進路

高校に入学した一年次の一学期の中間試験が終わった頃から、将来の進路について真剣に考えるようになりました。まずは大学進学を目標にして勉強し、自分の進みたい専門分野を見出したいと熱い志を立てました。しかしながら、その頃の家庭の経済状況からは、自費による進学は、到底《とうてい》無理なことは明らかでした。そこで思い付いたのが、自費で学資を工面できなくても、官費で本土の大学へ留学できる制度があることに気付き、その国費《こくひ》制度を利用して大学へ進学することでした。担任の先生も家の経済事情や学校の成績から判断して、国費による大学進学を勧めていました。この試験制度は本土にもなく、日本政府が戦後施政権《しせいけん》の及ばなくなった沖縄の若人の人材育成を支援するために、特例として設けられた本土大学への留学制度でした。学力優秀な学生が目標とする相当難関な試験でしたので、合格するには勉強する時間を十分に確保して、それ相応の学力を身に付けておく必要がありました。

その頃、私は同い年の女の子に、好意を寄せていました。毎日が質素で夢や希望の片鱗《へんりん》さえも見えない生活の中で、その女の子に出会えたことで、唯一明るい夢と希望が湧き出てくるような気持ちになりました。その女の子がひときわオーラを放っているように思えたのです。女の子との将来のことも考えるようになりました。そのためには、将来の生活の基盤をしっかりとしたものにしたいと、一層強く思うようになりました。ただ、この国費試験に合格できたとしても、官費だけでは本土での生活費は賄《まかな》いきれず、実際のところ親が生活費の一部を仕送りしていることも聞いていました。それでも私の思いは募《つの》り、二学期の中間試験が終わった頃、お世話になっている伯母の所に大学進学の相談に行きました。伯母に国費制度のことも説明し、一所懸命に勉強して国費試験を受験して合格を勝ち取り本土の大学に進学したいと、熱い胸のうちを打ち明けました。ところが、伯母からの返事は、私の提案した考えには協力できないというもので、あっけないほど即座に断られてしまいました。むしろ伯母は、怒っているようにさえ見えました。確かにその頃は、伯母の家族も六人の子どものうち四人が学業にいそしんでいる頃で、経済的にも余裕がある生活をしてはいませんでした。

それに加えて、私までも重くぶらさがっていたのですから……。

高校に進学してからは、毎朝駆け足で伯母の家に立ち寄って、伯母がこしらえた温かい弁当を従兄弟たちと同じように受け取り、そのおかげでようやく通学できているのが現実の経済事情でした。その現実の経済事情に加え、私がさらにその上の大学に進学となると、年老いた祖父母の生活はさらに困窮《こんきゅう》していくのは目に見えていました。伯母に厳しく諭されながらも、私がとどめを刺されたのは、たとい私が幸運にも国費試験に合格し大学に進学できたとしても、伯母としてはその後の祖父母の面倒は一切見ることはできないという一言でした。そして伯母が付け加えて、高校卒業した後は、人は誰でもジンブン（知恵）勝負であり、まずは就職先を探して仕事に就くことが先決であり、最も大事なことだときっぱりと言い放《はな》つのでした。私は祖父母の生活のことが気がかりで相談を持ち掛けたのでしたが、伯母はそれを見透かしていました。私は、私の望みが叶《かな》わぬこととわかり、自分の置かれている立場のなんと不運なものかと嘆き、足早に家に戻ってくるや否や、はいているズボンからベルトをはずすと同時に、そのベルトを思いっきり床に叩きつけていました。悔しさも増して、涙を流しながら何度も何度も床に叩き付けていました。どうすることもできない悔しさに耐えることができず、今まで学校の授業を休んだこともないのに、十日ほど続けて無断欠席してしまいました。

私が中学校を卒業するとき、卒業式の会場には、白い大きな横紙に「目標に向かって前進せよ」と大きな太い文字で、卒業生を励ます言葉が掲示されていました。その標語を見て勇気づけられ、将来に明るい希望を抱き胸躍らせて卒業し、高校に進学しました。ところが現実には、志の「目標」さえも立てることのできない境遇に置かれていることを、早くも知ることになったのです。

しがらみ

私が学校の授業を休んでいる間、不思議なことに私に近づいてくる人は誰もいませんでした。ただ、同じクラスの生徒が、ひょっこり私の様子を見にきただけです。ひょっとしたら、そのまま高校を中退して仕事に就くことを期待されていたのかもしれない。その時は、私の周囲があまりにも静かでした。そして、学校を休んでいる間に考えたのです。もしも、幸運にも大学進学の国費試験に合格して、念願の本土留学を果たし、無事に大学を卒業し、自分の思うような仕事に就くことができたとすると、自分だけはきっと周囲からもてはやされ大手《おおで》を振って大満足であろう。しかし、その間には、年老いた祖父母はどうなっているのだろう。「歳月は人を待たず」と言われるように、年月の経過は私が自立するまで待ってくれるだろうか。そして、沖縄の「ことわざ」にある、「シメーシッチ、ムノヲシラン」―学問のことはよく知っているが、物事の道理を知らない―そのような鼻持ちならない傲慢《ごうまん》な人間に成長することを戒《いまし》める言葉を幼い頃から耳にしていたことを思い出していました。どんなに立派に学問の世界で成功し、たとい世にはばかることができたとしても、年老いた祖父母を今以上に困窮に追いやり粗末《そまつ》にし、後になってから悪《わる》かったと涙を流し、仏壇《ぶつだん》に手を合わせて許しを請《こ》うような後悔する人生は送りたくないとの思いが、次第に私の胸に強く響いてきました。気持ちを落ち着けて周囲を見渡してみると、学校を休んで一番困るのは誰でもない、自分自身であることを、改めて思い知ることとなったのです。そのことに気付いたとき、これまで抱いていたすべての志《こころざし》を諦める決心がつきました。ただ、思いを寄せていた女の子のことが気がかりでした。私が、希望に燃え思い描いた将来の着実な基盤づくりの夢が絶たれてしまった以上、心を込めて築いていきたいと思っていた女の子との幸せな人生は、幻《まぼろし》のようにはかないものだと思い込み、嘆き沈みました。私は、自暴自棄《じぼうじき》に陥《おちい》って動揺し、「僕は頼りにならないダメな男だ」と卑下《ひげ》し、下手《へた》なペン字で泣きながら手紙を書いて別れを告げました。お互いに一度も手を触れあうこともなく……。私は……その時の身内に起きたどうすることもできない出来事を、一言も語ることもなく心に秘めて……。女の子は、私が戦争孤児で祖父母に育てられ貧しい生活を送っているとは、夢にも思っていなかったと思います。両親のそろった堅実な家庭で明るく育った未だに幼い……女の子との別れは……辛かった。『船頭小唄』で唄われている、花の咲かない枯れすすきの船頭さんの心境でいました。

年々祖父母の年老いていく姿を見るにつけ、これからも祖父母に寄り添って、終生《しゅうせい》支えていかざるを得ないとけなげにも心を動かしたのです。自分の人生の目標を封印して、自分は孤独であってもこの世の片隅でひっそりと生き永らえたらそれでいいものと、その時は真剣にも「あきらめの境地」でいました。貧しさの中で、自分の思いのままに明日に向かって羽ばたくことのできない、侘しくも切ない、十六歳の男の子の決断でした。戦争で失ってしまった自分の温かい家庭を、ささやかでも人並みに再《さい》興《こう》したいと、誰にも言えず私なりに密《ひそ》かに決意していたのに、私の人生設計はもろくも崩《くず》れ去ってしまったと落胆失望していました。

悲しみが抜けきらぬまま
秋がやってきてしまった
ぼくは悲しいまんま
青春をおくってしまうの
だろうか
このまま行ったら
そうなってしまうだろう

好きあっていたのに
わざとぶっこわしたぼく
ゆるせないみにくい心だった
愛っていうものは
そんなにはかないことかも知れない
キズついた心のいたでを
なおせぬ気の弱いぼく
もう人を好きになることは
むずかしいだろう
秋も　もうなかば
ずっと長く　流れていく雲が
ばかにさびしそうだった

この詩の題名や作詞家の名前も知りませんが、この詩に出会ったとき、その当時の私の心境そのものをそのまま唄っているように思いました。

しかし、そのようなセンチなことよりもっと大切なこと—それは高校を卒業したら早く仕事に就き、そばにいながら年老いた祖父母の生涯を見守って生きていくこと……。まずそれを果たしていくことが、テニアン島からたったひとり生き残ってきた私の人生に課せられた最優先の課題と位置付けたのです。このような経緯で官費に頼った進学を諦める決断をすることになりましたが、その時から、どう生きるか……私の人生の進路は大きな課題を抱えて当てのない方角に舵《かじ》を大きく急旋回《きゅうせんかい》し始めたのです。

電報配達

私の家の真向かいには、郵便局がありました。郵便局が近かったので、夏休み期間中は郵便配達、年末には年賀状の配達の手伝いをする機会がありました。ある時、私が家の窓から外の道を眺めていたら、そこの郵便局長さんが、小さなお店から買い物をして帰ってくるのと、私の目がぱったりと合ってしまいました。局長さんは、髪の薄い眼鏡を掛けた、品のいいインテリの様相をしていました。日頃は、なかなか近づいていくのも恐れ多いと思っていました。その局長さんが私の方に近づいてきて、いきなり持っている紙袋から一個のパンを取り出して、「清ちゃん、このパンをあげるよ」と優しく話してきました。パンの香りが、私の鼻にツーンととっついてきました。私は嬉しくなって、頭を下げながら両手を素直に差し出していました。それは、アンコがたっぷりと入っているアンパンでした。その時の局長さんからいただいたアンパンの味覚は、長い年月を経った今になっても忘れることはありません。

私が、大学進学の夢を諦めて、意気消沈《いきしょうちん》している頃のことでした。その時の郵便局長さんが、電報配達の仕事の手伝いを引き受けてくれないかと、提案してきたのです。その仕事は、土曜日の午後と日曜日、それに通常は夕方の五時から翌日の八時までに届けるべきすべての電報を、郵便局の赤い自転車に乗って配達することでした。それまでは、郵便局の職員が昼の仕事を終えてからも、夜間の電報配達のために、ほとんど拘束《こうそく》されていたのです。高校二年の五月頃に、通っている高校がその当時の与那城町西原から具志川市田場に移転の作業が始まり、夏休み明けの二学期からは、田場に通学することになりました。これまでは急いで三十分ほどの徒歩での通学も可能でしたが、田場に移転してからは、徒歩では一時間以上もかかるので、バス通学せざるを得なくなりました。このようなときに、電報配達によるバイトの収入をバス代に充てることができるということは、私にとっては大きな救いになりました。学校を終えてからの仕事であり、通学のバス賃や本代などにも経済的にも困窮していたので、時間的に拘束されることでしたが、喜んで引き受けることにしました。この電報配達の仕事は、高校を卒業するまで続け、無事に終了できましたが、学生のバイトの稼《かせ》ぎとして、経済的にも大変助かりました。

電報配達の手伝いをしながら、郵便局の職務に興味を持ち始めました。貯金、為替《かわせ》、郵便配達など世の中にお役に立つ公益的なお仕事に、郵便局の皆さんは一所懸命に働いていました。私も高校を卒業したら、家からも近いので、祖父母の生活を見ながらも仕事ができると思い、この郵便局に勤めたいと思うようになりました。郵便局に勤めるには、その当時、公務員採用試験に合格しなければなりませんでした。そのためには、大学進学できないからとやけになって学業を疎《おろそ》かにすることもできず、むしろこれまで以上に学ぶ姿勢を持ち続けなければと、心を奮《ふる》い立たせました。それからは、大学受験のためではなく、学校の授業で学ぶすべての教科について、電報配達の仕事をやり遂《と》げながらも、一心不乱になって予習復習して学んでいました。

二年に進級した一学期からは、毎学期四・五以上の成績の評価を得た生徒のひとりとして、教頭先生から朝礼の場で発表されていました。それは、三年次の三学期の卒業するまで継続することができました。そして、高校卒業式の日の式場で、「在学中専心学業の研鑽に努力した」と、卒業生ではひとりしか貰《もら》えないという地区連合会PTA会長賞の表彰を受賞することができました。その時のPTA会長のご挨拶は、卒業生へ贈る言葉として、「お金は貯めても、疑問は蓄積するものではなく、たえず学ぶ姿勢を持ち続け解決していくよう心がけ邁進《まいしん》せよ」と強調されておられたのが今も強く印象に残っています。

就職

昭和三十五年三月の春、高校卒業の時節が近づくと、周囲から大学受験の話がいや応なしに耳に入ってきましたが、私は進学したい気持ちを抑えてジーッとこらえていました。そして、かねてより心に決めていた郵便局に就職するために、公務員採用試験を受験し、幸いにも合格することができました。試験に合格したものの、その年は公務員の新規採用が大幅に遅れて、当てにしていた郵便局やほかの部局からの採用のための面接の通知が、いくら待てどもありませんでした。後で耳にしたことでしたが、琉球政府の上部にあるアメリカ民政府の高等弁務官の指示があって、琉球政府の公務員の定数が適正であるのか診断を終えてから採用の手続きを始めることになったのです。九月の末頃になってようやく主税局から面接試験の通知がきました。ほとんど税務関係の仕事の内容を理解していなかったので、税務署勤務に躊躇《ちゅうちょ》するところがありましたが、待ちに待った機会でもあり、まずは就職することが先決と思い、焦りもあってやむなく面接を受けることにしました。その面接を受けた後に健康診断書の提出を求められたので、帰りがけに那覇保健所でレントゲン写真を撮ってもらいました。ところが、後日、その保健所からの知らせで、先日撮ったレントゲン写真に薄い影があるので、再度確認のためレントゲン写真を撮り直したいと指示されてしまいました。その指示を受けた時、心の中に大きな不安が押し寄せてきました。日常の食事も特に栄養に気を付けていることもないし、体調もそれほど自信が持てていなかったので、もしやなんらかの病気に罹《かか》っていたらこの先どのように生きていけばいいのか、特に祖父母のこれから先のことを考えると、目の前が真っ暗になってしまいました。これからが真剣勝負で、新しい自活の道を歩もうとした矢先でしたので、暗いことばかり考えていました。幸いにも、再度のレントゲン写真の結果は、薄い影もなく、きれいに写っていて、健康であることが確認されてホッとしました。

このような手続きを経て採用が確定し、晴れて、コザ市（今の沖縄市）にある税務署に勤務することになりました。私と同時に公務員採用試験に合格した同期の友人は、米軍《べいぐん》の基地内にすでに勤めていましたが、公務員としては税関関係の仕事に就きたいと希望していました。ところが、彼はその後、私があれほど渇望《かつぼう》していた郵便局に採用されていました。彼も私も、それぞれが思うような仕事に就くことができなかったのです。

しかし、私にとってはこのように思いもよらないところに就職先が決まったことが、その後の私の人生進路を決める大きな分岐点《ぶんきてん》となるのです。

私の家の真向かいにある郵便局に勤めている主任の方から、就職するときの心構えをいろいろと教えていただきました。その中でも私が心に強く印象に残って忘れられないことは、「公務員になると、世間の人々は君のような若い人にも、頭を下げてくるだろう。勘違いしては困るが、それは君の公僕としての職位に頭を下げているのであって、君の人格に対して頭を下げているのではない。そのことを常に心に留《とど》めておくことだ」とお話しなされ、今は、人格形成の端緒《たんちょ》を開いたばかりであり、自重して行動することが大事であると諭《さと》していました。

私に与えられた初仕事は、納税者に送る封筒に住所と氏名を書き入れる宛名書きから始まりました。あまり上手でない手書きによる封筒への書き込みでしたが、丁寧に誠意を込めて書き込んでいきました。

初めて支給された一か月分の給料はドル通貨で三十四ドル十セントでした。その中から真っ先に使ったのは、祖父に補聴器を買って差し上げたことでした。祖父は年のせいか難聴《なんちょう》気味《ぎみ》で、祖母との対話がうまくいかず、いつも祖母に大きな声で怒鳴られているような思いで見ていたからです。その補聴器はその当時にしてはそれ相応の高価なものでしたが、そのわりには性能が低く、祖父の難聴を解消するまでの役割を十分に果たすことはできませんでした。

夜間大学

就職して生活にある程度の目処がついてからも、自らの経済力では実現できなかった大学進学のことを思い返しては、胸がふさがる思いでいました。高校の同期生が志を立て、夢を膨らませて本土や県内の大学に進学していくのを侘《わび》しく思いながら、私には今のこのような生き方でしか自分の歩む道はないものと、自分自身に強く強く言い聞かせていました。

私が高校三年の頃の昭和三十四年六月に、私立の琉球国際短期大学が中央教育委員から設立を認可され、その年の十月から大学の講義が始まっていました。その大学は沖縄市（旧コザ市）の山里にあり、私が勤めている職場からバスで二十分ほどのところにあって、職場の先輩たちの中には、仕事を終えてから夜間にその大学に通学している方もいました。私は当初、設立されたばかりのこの短期大学に入学することには一種の抵抗感がありましたが、そのような思いよりもまず、これからの仕事の内容をもっと理解し立派に遂行《すいこう》していくには、せめてそれ相応の基礎的な学力を身に付けておくことが大事ではないかと考えるようになってきました。職場内で行われる人事異動や課の配置換えなどで、一緒に勤務している先輩職員の満たされない思いを聞くにつけ、これからでも自分自身を啓蒙《けいもう》し仕事に必要な専門知識を修得して力をつけておかなければ、なんの盾《たて》をも持たない私には、自分の望むような仕事を与えられる可能性は期待できないと思いました。

そこで、毎月いただいた給与の中から生活費を差し引き、大学進学に必要な入学資金をコツコツと積み立てていました。自ら稼《かせ》いだ入学資金がその大学の入学の時期に満額に達したので、それを元手《もとで》に入学の手続きを始めました。その大学の夜間部へは入学受験することもなく、高校の校長の推薦書《すいせんしょ》で入学することができたので、入学手続きは速やかに行うことができました。学部は、仕事に深く関連のある商学部でした。昼は勤めながらでも、仕事を終えて、夕方の六時から十時までの夜間に、職場の近くにある大学で直《じか》に学ぶ機会が得られたことは、私にとってありがたくもささやかなことでしたが、ひとつの希望が持てる明るい道が開かれたような思いでいました。五時に仕事が終わると腹ごしらえに急いでパンと牛乳を、時には半そばを掻き込んで、六時から始まる授業に間に合わせていました。十時に授業が終わると、急ぎ足で帰りのバスに乗り込み、一時間余りで自宅にたどり着きました。帰りはいつも十一時を過ぎていました。夏休みや冬休みの時期になると、一橋大学教授の経営学専攻の古川栄一先生、早稲田大学の会計学専攻の青木茂男先生をはじめ、本土の名のある大学の教授が招聘《しょうへい》され集中講義にお見えになりました。その時には、教授の一言一句たりとも聞き逃すまいと、最前列に陣取《じんど》り熱心に受講していました。

私が大学二回生の時に、理事長の粋《いき》な計らいで、初めて奨学金制度が設立されました。私も奨学生の中の一人に選ばれました。その年には、短期大学が四年制の国際大学として認可されましたので、その翌年、短期大学を卒業と同時に、この大学の二期生として、そのまま三回生に編入することができました。幸いにも、卒業時まで奨学生として学費免除で学ぶ機会が得られたことは、大変ありがたく感謝の気持ちでいっぱいでした。この大学の創立の時期が、私があれほど大学進学に執着していた時期とちょうど重なっていたので、私に学ぶ機会を与えるために創立されたのではないかと、勝手に考えていました。卒業式では「将来の精進《しょうじん》に期待する」旨のお言葉が添えられた学長賞を授与されました。この国際大学は沖縄が本土復帰と同時に、沖縄大学と合併統合され、宜野湾市の宜野湾において新しく沖縄国際大学となりました。旧国際大学の跡地には、県立高校の立派な校舎が存立し、かつてあれほど知識欲に燃えて学んだ質素で親しみやすかった大学の校舎は昔日《せきじつ》の面影《おもかげ》もありません。

本当の苦労

昭和三十八年三月、私が夜間の大学に通学している頃でした。毎年開催されている文春文化講演会の講師として、その年、沖縄にお見えになった作家の水上勉、平林たい子、評論家の小林秀雄の各氏の講演を拝聴する機会がありました。その講演会で作家の水上勉氏が和服姿で登壇しました。水上氏は、貧乏のどん底で育ち、いつも愛に飢《う》えて、孤独で過ごされたという自らの幼少期や青年期の頃の人生体験を真摯な態度で語られていました。お話の中で、水上氏は「『若いうちの苦労は、買ってでもせよ』などと言うことは容易《たやす》いが、それは苦労の本当の厳しさを知らないから言えるのであって、できうるならば苦労などしない方がいいに決まっている」と、気持ちの昂ぶるのを抑えるように力強く述べられていました。私は、そのお話を心静かに聴いているうちに、万感胸に迫る思いが募り、聴衆でぎっしり埋まった照明の薄暗い講演会場の片隅で、ひとりでにそっと涙したのです。

もしも美しいまつげの下で
涙がふくらみたまるならば
それがあふれでないように
強い勇気をもってこらえよ
通る小道が
あるいは高くなり
あるいは低くなり
正しい道の
見きわめがたい
この世のお前の旅路において
お前の歩みは確かに
坦々たるものではなかろうが
しかし徳の力は常に

正しい方向へお前を
　前進せしめるだろう

交響曲第五番「運命」や「エリーゼのために」などを作曲した天才音楽家で苦労人だったベートーヴェンのこの格言が、その頃の私を、あたかも励まそうとしているかのように私の目に留まり、静かに私の胸に心地よく入っていきました。

挑戦

大学に通学して毎回講義を受講しているうちに、私の仕事に関連する税法関係法規を理解するにはまず、簿記や会計学など税法を理解する上での基礎的な知識を学んでおく必要があると認識するようになりました。高校が普通科の高校でしたので、専門用語の簿記のボも知らないままに商学部に入学しましたが、この大学の四年間は、夜間は学生の気持ちを持続して努力しよう、大学を卒業後も恥ずかしくない学力を身に付けようと固く心に決めました。それからは、大学の講義は集中力を高めて受講し、講義時間が空いている時は、大学の図書館で簿記や会計学の専門書を読みふけりました。在学三回生の初め頃、簿記や会計学の知識がどの程度理解できているのかを試すため、日本商工会議所主催の簿記検定二級を受験したところ、それが図らずも合格していました。顧みるに、その時が、自分自身に一つの自信めいたものを植え付けたのかもしれません。私は、独学で容易なことから高度なものへとあせらず自己のペースを守りながら学んでいきました。四回生に進級するとまもなく、日本商工会議所主催の簿記検定試験一級を受験して合格することができました。この日商の簿記検定試験一級の受験科目が簿記、会計学、原価計算、工業簿記であり、大学卒業程度の高度の基準であることから、在学中に合格できたことは、学んでいる専門科目に対する興味を一層高めることになりました。それと同時に大学の講義で公認会計士試験制度について学ぶ機会がありましたので、学んでいる専門科目の延長として、努力すれば自分にも公認会計士の資格が取れるのではないかと思うようになりました。

昭和四十年三月、四年間働きながら通学し学んだ大学を卒業すると、これまで学んできた専門領域をさらに深めるため、公認会計士試験に挑戦したいと、強い決意を固めました。試験科目も簿記、会計学、原価計算、監査論、経済学、商法、経営学など、七科目を三日間にわたって一度に受験しなければならなかったのですが、世の中の経済の動向を理解するには、この上もない興味を注ぐ受験科目でした。昼の仕事を終えて帰宅してからの独学での受験勉強でしたので、翌日の仕事に差《さ》し支《つか》えないように、健康にも十分に気を付けて毎日を送る必要がありました。そのため、長時間の勉強にも耐えられるようにと肘《ひじ》付《つ》きの回転椅子を、冬の寒さに耐えるようにと暖房用の電気ストーブを、また、時間の合理的利用ということでテープレコーダや鉛筆削り器などを少々無理して買い求めて、勉強の能率を上げるように努めていました。受験参考書については那覇の書店を駆け巡って買い求め、貪《むさぼ》るように読んでいました。本土で発行する新聞や経営雑誌なども購入して読み、企業経営や経済状況に関する情報を把握《はあく》するように絶えず気を配りました。土曜日や日曜日などは沖縄市にある琉米親善文化センター内の図書館に通い、閉館になる午後十時ぎりぎりまで学んでいました。

トタン屋根

大学を卒業した翌年の昭和四十一年一月には、かねて希望していた那覇市にある通商産業局金融検査庁に転勤することになりました。私が大学在学中の昭和三十八年九月に、現職の公務員の中から金融検査官を採用する旨の新聞広告による募集がありましたので、それに応募していました。その時は試験科目の簿記の試験を受け面接も終えて採用も内定していましたが、なかなか転勤の手続きがはかどらず二年余の年月を要してようやく実現したのです。自宅のある屋慶名から那覇にある職場に通う距離は前の職場への距離の二倍以上となり、往復四時間以上も要するバスを利用しての通勤でした。時には、那覇に通う知人の乗用車に同乗させてもらっていました。当時は、冷房の完備されていないバスしかなく、そのバスの中が私の勉強室になっていました。

私が大学一回生の冬休みの頃でしたが、日曜日の朝も早い時間に、祖父が急にお腹を抱えるように激しい痛みを訴えてきたのです。寝ていた私はびっくりして飛び起き、

郵便はがき

料金受取人払郵便

新宿局承認

3971

差出有効期間
2022年7月
31日まで
(切手不要)

1 6 0-8 7 9 1

141

東京都新宿区新宿1－10－1

(株)文芸社

愛読者カード係 行

ふりがな お名前		明治　大正 昭和　平成　年生	
ふりがな ご住所	□□□-□□□□	性別 男・	
お電話 番　号	(書籍ご注文の際に必要です)	ご職業	
E-mail			
ご購読雑誌(複数可)		ご購読新聞	

最近読んでおもしろかった本や今後、とりあげてほしいテーマをお教えください。

ご自分の研究成果や経験、お考え等を出版してみたいというお気持ちはありますか。

ある　　ない　　内容・テーマ(

現在完成した作品をお持ちですか。

ある　　ない　　ジャンル・原稿量(

書　名			
お買上 書　店	都道　　　　　市区 府県　　　　　郡	書店名	書店
		ご購入日	年　　月　　日

本書をどこでお知りになりましたか?

1.書店店頭　2.知人にすすめられて　3.インターネット(サイト名　　　　)

4.DMハガキ　5.広告、記事を見て(新聞、雑誌名　　　　)

この質問に関連して、ご購入の決め手となったのは?

1.タイトル　2.著者　3.内容　4.カバーデザイン　5.帯

その他ご自由にお書きください。

(　　　　　　　　　　　　　　　　)

書についてのご意見、ご感想をお聞かせください。

内容について

バー、タイトル、帯について

弊社Webサイトからもご意見、ご感想をお寄せいただけます。

ありがとうございました。

せいただいたご意見、ご感想は新聞広告等で匿名にて使わせていただくことがあります。

様の個人情報は、小社からの連絡のみに使用します。社外に提供することは一切ありません。

籍のご注文は、お近くの書店または、ブックサービス(0120-29-9625)、
ブンネットショッピング(http://7net.omni7.jp/)にお申し込み下さい。

急いで外に飛び出して車を探《さが》しにいきました。その当時は、救急車もなく、私も乗用車を持てるような状況ではなかったので、祖父を病院に運ぶために道路に飛び出して、乗用車を運転している方を探していたのです。幸いにも知り合いの方が貨物を運搬するバンを運転してきたので、無理にお願いして、早速祖父を病院まで運んでもらいました。病院で診察した結果、下腹部の激痛は虫垂《ちゅうすい》に発生する炎症によるもので、病名は、虫垂炎でした。その時は、盲腸を手術して、一週間ほどで全快して退院しましたが、そのようなことは今後も起こりうる恐れが予想されましたので、年老いた祖父母と離れて暮らすことはできることではないと心に決めていました。そのため、職場が遠くなって仕事で帰りが遅くなっても、必ず自宅に帰るようにしていました。しかし、そのようなことは、私にとってそれほど苦にすることではなかったのですが、当時の私を取り巻く状況は厳しい環境でした。終戦後に建てられた古びたトタン屋根の木造平屋に住んでいたため、周辺からは、私がいつも机に向かっているだけで、住んでいる建物のことも考えないで何をする気でいるのかと思われているようでした。その建物は、夏の時節には照りつける太陽の輻射熱によるトタンの熱気で暑苦しく、冬の時節がやってくると、壁の隙間から吹きすさぶ冷たい風で寒さしのぎが厳しく、秋に台風が襲来《しゅうらい》すると大雨で部屋中が水浸しになりました。

戦前祖父が住んでいた建物は、夕方になると隣近所から夕涼みにやってくるほどの二階建ての赤瓦葺《あかがわらぶ》きの立派な木造住宅でした。その建物は、米軍の爆撃からも逃れ終戦まで無事にそのままの形で残っていました。ところが、米兵がやってきてその建物を取り壊し、畳やその他の資材を軍用トラックに載せて運んでいったのです。そして、その跡地に、トタン屋根の住宅が建てられたのです。

世の中が落ち着いて経済的ゆとりが出てきたのか、隣近所には畳付きの鉄筋コンクリート造りの家や瓦葺きの頑丈な家が次々と建てられていました。私はいまだにトタン屋根の住宅に住んでいることで周りの目が気になっていましたが、そのときは住宅を新築できる力も余裕もなく、家計もそれどころではなかったので、今は片意地を張ってもどうすることもできないので、それに耐える以外に歩む道はないものと心に決めていました。

その頃だったと思いますが、日本人の受賞では湯川秀樹博士についで二人目のノー

筆者が育った家

ベル物理学賞受賞者に、朝永振一郎博士が決まったと科学アカデミーから発表され、その記者会見での記事で、次のようなことをお話しされているのを読みました。「どんな人でもね。自分の目的に向かって毎日二時間みっちり勉強すれば、その分野の学者としては、必ず世界一流に成れるものですよ」と、謙遜《けんそん》されながらお話しされている博士の含蓄《がんちく》に富んだ言葉に、大変勇気づけられました。自らの可能性を信じて努力しても、時には、思うようにいかず、挫《くじ》けそうになる時もありましたが、そのような時は、自分自身との戦いだと、自らに闘志を掻き立てるように仕向けました。

山羊の鳴き声

公認会計士第二次試験が近づいてきた、ある日のことでした。机に向かって一心になって勉強していましたら、敷地内に飼《か》っていた一匹の山羊《やぎ》が急に鳴きだしたのです。祖父も祖母も留守にしていたので、私は当然の如く山羊がお腹を空かして餌《えさ》を求めていると思い、畑から刈ってきてあるさつま芋の茎や葉っぱを山羊に与えて机に戻ってきました。ところが、しばらくすると再び山羊が鳴きだしたのです。与えた餌が足りなかったと思い、再び山羊に餌を与えてから机に向かっていました。すると、山羊がまた鳴きだしたのです。しばらくはほうっておこうと思っていましたが、あまりにも悲しそうに「ンメ～ンメー」と鳴くあの山羊の鳴き声に押されて、再度餌を与えに行きました。このようなことを三度四度と繰り返しているうちに、私は次第に焦《あせ》る気持ちが募ってきました。ただでさえ寸暇《すんか》を惜しんで机に向かっているのに、山羊のあの鳴き声で集中力が欠けてきてどうしたらいいのか困り果ててしまいました。やがて山羊が鳴いているのは、お腹を空かしているからではないものと思い始めました。しかし、いつまでもこの山羊の相手をするわけにはいかない。そこで一計を案じたのが、暑い盛りで気合いを入れるために私の頭に巻いていたハチマキと同じ一枚の白いタオルを持っていき、山羊の二本の角《つの》にぐるりと巻き付けたのです。まさに山羊が運動会に出陣するかのようでした。山羊が不思議そうな顔で私を見つめているように思いました。やむにやまれぬ思案《しあん》の上での選択でした。ところが、巻き付けたタオルのせいか、不思議なことに山羊の鳴き声がぴたりと止まったのです。思いも掛けない効果が生じたのです。それから後は落ち着いて机に向かい予定の教科に集中することができるようになりました。あの時の止まない鳴き声で、一時は私の予定していることがどうなることかと思うと、ほーっと、大きな溜《た》め息を吐きました。留守にしていた祖母が帰ってきて、山羊の角に白いタオルが巻かれているのを見るや、一瞬何事が起きたのかとびっくりしたようです。

悔し涙

　公認会計士第二次試験が、明日から始まるという日のことでした。数日前から各試験科目の最終仕上げに取りかかり、夜も遅くまで一心不乱になって机に向かっていました。ところが、親戚のおじさんが朝早くからやってきて、私の寝ている家の戸を勝手にこじ開けて、いつまで寝ているのだと叱りつけてきました。その日は旧暦の一日《ついたち》にあたり、おじさんは一門の仏壇が供えられている私の家に拝みにやってきたのです。私が日常どのようなことをしているかも知らないのに、多分私が机いっぱいに本を置いているばかりで、その本を読んで何か生活の足しになるのかという思いと、今日のように朝も起きるのが遅く生活が荒れて家庭的なこともできていないと責めているようでした。私は家の裏側に行って悔しさに涙を流していました。羅針盤《らしんばん》を持たない自分の歩む道を必死に探し求めて、寝食を忘れ身体のこともいとわずにいることを強いて知って欲しいとは思いませんでしたが、そのようなときに片親でも生きていてくれたら、私の大きな壁になったであろうにと、現実にはあり得ないことを考えていました。

二次試験発表

そのようないろいろのこともありましたが、私は所期の目標通り、自分に与えられた環境の中で自らを精一杯活かして、二回目の受験で公認会計士第二次試験に幸運にも合格することができました。そして、会計士補となる資格を取得したのです。この公認会計士第二次試験の受験には、かつて夜間の大学で四年間も私に簿記や会計学などの科目をわかりやすく懇切丁寧《こんせつていねい》にご指導してくださり大変お世話になった恩師の先生もお忙しい中を受験しておりましたが、合格することができませんでした。この試験に合格するまでに、最も困難かつ勉強になったと思うのは、難関な国家試験であるという精神的負担とその目標に立ち向かった時の孤独感、それにいかに耐え抜くことができるのかということでした。祖父は、この試験がどのような仕事につながる資格であるかも知らないでいましたが、周囲から合格したことを聞いて大変喜んでいるようでした。この年は、沖縄出身では初めての芥川賞を、作家の大城立裕氏の『カクテル・パーティー』が受賞した記念すべき年でもありました。

祖父の思い

私の合格を喜んでいる祖父でしたが、五年前の昭和三十七年四月頃、祖父の体調があまり芳しくないと言うので、心配になって那覇に所在する病院に連れていきました。医師の診察を受けたところ、祖父の病気は胃がんであると診断されました。病院へは伯母と高校教師の従兄の三人で行きました。医師は祖父が高齢者であるので、残された人生を自宅で静養して、祖父が好きなように満足するような生活をさせてあげたらどうかと勧めていました。病院からの帰り路、従兄の運転する乗用車の助手席に座っていた私は、これまで過ごしてきた祖父の人生を考えて、人の世のはかなさを思い、これからが生活ももっと楽になっていくというのに……と思うと、人知れずあふれる涙のままに行き交う車も見えなくなり放心状態でした。そして、祖父の病気のことは、三人の心に秘めることにして、本人にはもちろん祖母にも余計な心配をかけないため、病状を明らかにしないことにしました。

病院から帰ってきた私がまずやらなければならないことは、祖父が元気であるうちにお墓を建てることでした。これまでは他人の土地を利用した防空壕の中にある合同墓と称するところに、先祖の遺骨を安置していたので、そのような事情を知っているのは祖父だけでした。それからは、親戚を頼って墓地を購入して、心の中では泣きながら、破風墓《はふばか》の中型のお墓の建立《こんりゅう》に取りかかりました。お墓の建立中は、親戚や隣近所の皆さんに大変お世話になりました。そのお墓がその年の七月に完成した時は、慣例に従ってお祝いの行事を行いました。完成した真っ暗なお墓の中で、三線を弾きながらお祝いの琉歌を唄うのですが、その三線の音を聴きながら、やがて祖父をこの場所に案内しなければならないのかと思うと、涙が溢れてきてどうしようもありませんでした。お墓を建立したら巷《ちまた》では、長生きすると信じられていますが、そのためであったのか、祖父の病状はその後数年間、良好な状態が続いていました。もしや医師の誤診であったのではないかと、一縷《いちる》の望みを抱き始めていました。ところが、それはこちらの勝手な思い込みで、医師の誤診ではありませんでした。まもなくして、祖父は、胃の痛みを訴え始めたのです。そのため、知り合いの近くの医師に往診をお願いして診てもらい、治療を受けながら過ごしていました。あれほど気丈夫な祖父が痛みの声を発していたので、その痛みはきっと耐え難い痛みであったと思います。祖母は、祖父の病名を知らぬままに、看病にいそしんでいました。

祖父は、病状が厳しいものと感づかれていたのか、病床に訪れた従兄に、兄弟のように育ってきた従兄弟たちの中でも、人一倍ガージュー（我が強く）で時には孤立しがちな私のことを気遣っていたのでしょう、「清坊だけを、ひとりぼっちにしないで……」と繰り返し頼んでいました。それが、隣の部屋で静かに机に向かって学んでいる私の耳に入ってきました。孫の私の行く末を案じて従兄に胸中を吐露《とろ》して頼む祖父の心境を察し、胸が詰まる思いで聞いていました。私は、中学生の頃祖父が私に投げつけた畑の土について、祖父の真意を確かめて一言文句を言いたい思いもありましたが、耳の聞こえも一段と遠くなっていく年老いた祖父の姿を見るにつけ、そのようなことは、言い出せませんでした。祖父の真意は、もしかすると畑仕事から私を解放するために、手伝っている祖母の手前もあって、あのような行動に出ざるを得なかったのかもしれません。

晴れて公認会計士になるには、さらに第三次試験を受験して合格しなければなりませんが、祖父はこの最終試験の合格を待つこともなく、祖母と私に看取《みと》られながら、六年余の闘病生活の果てに亡くなりました。昭和四十三年九月のことでした。祖父は常日頃から、「シキノヲ、ウスリテイル、アッチュンド」（世の中には、素晴らしい立派な人が、いっぱいいるのだから、己の能力に溺れないで、謙遜して世の中を渡っていくのだよ）と、私に自制を促《うなが》し諭していました。享年八十一歳でした。祖父が亡くなってしばらくしてからでしたが、祖父は、「胃の痛みも取れて、すっかり元気になったよ」と、私に夢の便りを送ってきました。私が、これまでの人生で悔やむことをあげるとすれば、戦前戦後を通して苦労の多い生涯だったこの祖父に、人並みの喜びのある家庭生活をさせてあげることができず、また、私の女房がこしらえた日替わりの美味しい手料理を召《め》し上がってもらえなかったことです。

私が、夜間の大学に通学している頃のことですが、昼は勤めていたことから、週日は学ぶ時間もなかなか確保できずにいましたので、日曜日の朝は早くから起床して机に向かっていました。しばらくすると、私が机に向かっているその前を、私が高校時代に着用していた帽子をかぶり、両端のもっこに肥やしをいっぱい積み込んだ棒を右肩に担《かつ》いだ祖父が、咳払《せきばら》いをしながらよぼよぼと通り過ぎていきました。机に向かっていつも時間との戦いで過ごしている私は、左手を失っている年老いた祖父が、畑仕事に精一杯の力を振り絞《しぼ》って歩いていく姿をただ傍観《ぼうかん》するだけで、なんの手助けもできずにいました。あの頃の心の痛みが私の心の中に焼き付いていて、今でも忘れられない光景として鮮《あざ》やかに残っています。若かりし頃の祖父が、小柄でありながら祖父よりもでっかい男たちを相手に、弱きを助け強きを挫く、義侠心《ぎきょうしん》に富んだ華々しい武勇伝《ぶゆうでん》を、幼少の頃から祖父の膝枕《ひざまくら》で耳にしながら育ってきた私には、晩年の祖父が哀《あわ》れに思えてなりませんでした。

上京

　公認会計士になるための最終試験である第三次試験を受験するには、二年間の実務従事と一年間の実務補習を終了することが受験資格になっていました。二年間の実務従事は、勤務している職場での仕事がその要件を満たしていましたが、一年間の実務補習は、勤務している職場では充足できず、外部に出ざるを得ませんでした。そこで考え付いたことは、一年間休職して上京し、公認会計士第二次試験の合格者が実務補習受講のために入所して来る日本公認会計士協会の東京実務補習所に入所して、専門的知識をさらに深める機会を活用したいと思っていました。祖母は至って丈夫な方で医者通いをしたこともなかったので、私は、東京の市街のレストランなどで皿洗いのバイトをしながら生活費を稼《かせ》いで、夜間行われている実務補習を受講するつもりでいました。私が、勤務先の人事担当の部局に休職願いを申請すると、このような休職は前例がないので認められないと冷淡で、受け付けてもらえませんでした。一時はどうなることかと思い、退職するしかないと諦めかけました。そのような時でしたが、私が上京することを人づてに聞き付けた公認会計士協会の関係者から、協会の組織を強化して新しい部署の審理室が設置され室長も決まっておられるが、その部下に有資格者を求めているので、一年間でもよいから協会に勤めてくれないかとお話がありました。もし、必要ならその方から私の上司に直接お願いしたいとも話されました。私は、この時ほど学業を怠りなく続けてきて本当に良かったと嬉《うれ》しく思ったことはありませんでした。なにしろ、思いがけないことで、昼は協会で公認会計士に関係のある仕事をしながら学び、夜は協会の実務補習所に駆け付けて学ぶことができるのですから……。

上京直前になっても、私の休職手続きは難航《なんこう》しましたが、私のこのような状況を聞きつけ、後押ししてもらえる方々の粋な計らいで休職が急に認められ、急いで上京のためのパスポートを申請して晴れて上京することができました。昭和四十四年十月上旬の東京は秋の中頃の肌寒い時節でした。

上京した年の十一月には、佐藤・ニクソン会談の後を受けて共同声明が発表されました。それによって、三年後の昭和四十七年中に、沖縄の施政権がアメリカから日本に返還されることが確定しました。沖縄にとって、これからさらに激動の時代が近づいてくることを予感させる大きな出来事でした。

盾（たて）

昭和四十五年十月、一年間の実務補習所での実務補習と協会での仕事を無事に終えて、私は沖縄に戻ってきました。休職扱いになっていた元の職場に復職し、以前と同じように勤めていました。そして、その翌年には公認会計士第三次試験の筆記試験である、監査実務、会計実務、税務実務、分析実務及び論文などの科目を受験し、さらに東京で行われた口述試験を受けて合格し、晴れて公認会計士の資格を取得することができました。なんの盾をも持たない私が、この専門領域の勉強を一心になって学び始めたのは、人並みに仕事を果たしていくために、基礎的な力を身につけておかなければと思う強い動機からの出発でしたので、独立して開業することなど念頭になく、合格した後もそのまま職場で仕事に励んでいました。

十月には、本土復帰に備える措置として、全島内で行われたドルの通貨確認業務の実施にも携《たずさ》わることができました。これは、その年の八月に、これまでの一ドルが三百六十円の固定相場制から変動相場制へ移行したことにより、本土復帰時の為替相場（一ドル三百五円）の変動によって生ずる為替差損《さそん》（五十五円）を、通貨確認時の所有通貨（米ドル）に対して補償する措置で、沖縄のすべての金融機関の業務を停止して行われました。沖縄では昭和三十三年九月にこれまで使用していた円（軍票）からドルへの通貨交換が実施され、本土復帰するまで米ドルが、日常の使用通貨になっていました。

支える力

通貨確認業務が行われた翌年の一月には、沖縄の本土復帰の日が五月十五日と、正式に発表され確定しました。その頃から巷では、琉球政府に勤める公務員の身分の引き継ぎについて、新しくできる沖縄県庁や国家公務員への身分移行の話が、ささやかれるようになりました。私も、これまで一心に学んできた専門分野が、これからの新しい職場においてどのように活かしていけるのか、先の見えない前途に日夜悩んでいました。その悩んだ末に導き出した考えは、職業会計人としての専門分野を十二分に発揮できる最良の選択として、十一年余の公務員生活に終止符を打ち、自ら独立して事務所を開業することでした。職場の皆さんが送別会を開いてくださいましたが、奇《く》しくもその日は、戦後二十七年間もグアム島の密林の中で隠れて暮らしていた元日本兵横井正一氏の帰国した日でもありました。

　本土復帰の年の三月、那覇市の旭町に事務所を開業し、女子職員一人を採用しました。「新生沖縄県誕生を目前にして、内外における企業環境は一段と厳しい情勢にあり、この厳しい時期に際し私も公認会計士、税理士業務を通じて企業の発展のために最善を尽くし皆様のお役に立ちたいと思います」と、先輩、友人、知人に挨拶状を送りました。論語の教えによると、「子《し》いわく、われ十五にして学に志し、三十にして立ち……」とありますが、私はちょうどこの「立志の年齢」である三十歳になっていました。私が独立開業した時期は、本土復帰が目前に迫っており、沖縄の経済社会がどのように推移していくのか、先の全く読めない混沌《こんとん》とした時代の大きな流れがありました。

琉球民謡の汗水節《あしみじぶし》に「老《ゆ》ゆる年忘《とぅしわし》てぃ　育《すだ》てぃたる産《なし》し子《ぐわ》　手墨《てぃずみ》学問や　汎《ひる》く知らし　ユイヤサッサ　汎く知らし」と、学問を学ぶことの大切さについて軽快なリズムに合わせて唄われているこの歌を、幼少の頃から口ずさんで育ってきた私にとって、やむなく昼は勤めながらも諦めずに、一途《いちず》の思いで学業に励み自己研鑽して積み上げてきたことが今まさに現実となり、今や私を支える大きな力になりつつあるのだと思う気持ちが強くありました。「徳」という字は「行」人偏とその右横に「十四」とその下の「心」で構成されており、そのことから人は修養によって身に付けた品位のある行いを十四年間一心になって励めば、それ相応の恩恵が施されると読むことができると言われています。私が十六歳の時、落胆絶望して将来の夢や希望を断ち切り、捨て身になった時からはや十四年の歳月が経って、ちょうど私は三十歳になっていたのです。そのことを思うと、私には知らない所で徳の力が大きく働いて、私の背中を後押ししていたのではないかと恐れながらも勝手な思いをしていました。こうして学んできたこの専門領域で自らの役割を果たすべく、決意を新たにして、厳しい社会情勢の中でささやかな船出《ふなで》をすることになったのです。

それから三年経ったでしょうか、創業時の業務の忙しさも乗り越えてようやく事務所の運営も軌道に乗りかけた頃、ひとりでいるとふっと心の中にどうにも埋めがたい空白を感じ始めていました。それは……虚《むな》しい気持ちでした。そして…これまで私の胸に奥深く秘めて封印して置いてきたことを思い起こしていました。その封印を解《ほど》いたら……、戦争で失ってしまった自分の温かい家庭を築いていきたいとの思いが心の底から蘇《よみがえ》ってきたのです。めぐり逢いは不思議なことで、何かに導かれたのか、心を許して話し合える女性にめぐり逢い結婚することができ、新しい人生の幕を開くことができました。「バラが咲いた　バラが咲いた　真っ赤なバラが　淋しかったぼくの庭に　バラが咲いた……」の思いでした。一男二女の子供の誕生は私の人生でこの上もない大きな喜びでした。子供の成長とともに家庭的なことに疎《うと》い私自身も成長することができたと思います。幸いにも息子も公認会計士試験に合格してこの業界に入り、私の大きな力となりこの上ない喜びを与えられました。

破片

私は戦時中に飛んできた破片で左目の下に傷を負っていましたが、目の下の皮膚の中にはその破片が動くこともなくそのままの状態で埋まっていました。冬になると皮膚が薄紫色になって腫《は》れたようになり、ずきずき痛むことがありました。小学校四年の時の担任のユキ先生は、いつも私の目の下の破片を気にかけていました。校庭で実施された健康診断の時でしたが、ユキ先生は健診でお見えになった医師の所に私を引っ張るように連れていきました。ユキ先生は、その医師に私の目の下のぐりぐりしている破片をどうにか手術して取り除いてもらえないかと、必死になってお願いしているようでした。その時の医師の診断は、手術をしてその破片を取り出すことは可能であるが、顔に傷跡《きずあと》が残ってしまうので、今手術を行うことは勧められないとのことでありました。ユキ先生も私の顔に手術による傷跡が残ると聞いて、心残りでしたが諦めざるを得ませんでした。

それから三十四年後の昭和六十年六月に入った頃でした。この大戦で負傷して体の中にずっと埋まっていた数個の破片を、県内の国立病院での大掛かりな手術で取り出したと喜んでおられる、大人の方の新聞記事が大きく掲載されていました。その新聞記事を見つけるや私は自分の目の下の破片も取り除くことが可能だと思い、喜び勇んでその国立病院に出かけていきました。ところが、診察した担当の医師は私の目の下の破片を取り除くには顔に傷跡が残るので、この病院では手術ができないと断られてしまいました。私が永年持ち続けてきた懸案をここで解決できるものと思っていましたので大変気落ちしました。そこで念のためこの破片を取り除くにはどのような病院に行けばよいのか尋ねてみました。その時の医師は、形成外科の病院が良いのではないかと教えてくれました。

心が落ち着かないままに、私はその足で那覇市内にある形成外科の病院を訪ねました。その病院でレントゲン写真を撮り診察を受けたところ、院長はその破片は取り除かないでそのままにしておくよりも、今のうちに取り除いた方が後々になっても体には良いことであると、手術を受けることを勧められました。手術による顔の傷跡についても、今の医療技術では心配するほどのことではないとお話しされました。私はその院長のお話を信頼して手術を受けることにしました。その手術は鼻の左側を切開して二時間余にわたって行われたので、手術中不安になっていました。無事に手術が終わってしばらくすると、院長は取り除いた数個の破片を持参してきて私に渡しました。その破片はほとんど錆《さ》び付いていて粉々の状態でした。この機会に院長の勧めに従って、手術の決断をして本当に良かったと思いました。この破片は三歳の頃から四十一年もの間、私の目の下で巣くっていたのです。手術による傷跡や後遺症もなく心配したようなことは起こりませんでした。むしろ、その後はいつ化膿するのかという不安からも解放され、快適な日常の生活が送れるようになりました。ユキ先生が私の破片のことを心配しておられた小学四年の頃のことが思い出されたので、真っ先にお知らせしたらあの時のことをしっかりと覚えておられ、殊《こと》の外《ほか》お喜びのようでした。

母との再会

三歳の時に父や母と離れてから、父や母の顔や姿かたちがどのようでおられたのか、いつとはなしにすべて忘れていました。寂しい時や悔しい時は、父、母……恋しの思いはありましたが、周囲に気兼ねするところが私の心にあったのでしょうか、そのことを私から口にすることはありませんでした。父と母にせめて夢の中だけでもお会いしたい切なる思いはありましたが、その父と母は夢にさえ一度も現れたことがありません。

ところが、昭和六十三年四月頃、かつて母のお友達であったという女の人が、母の実家を突然お尋ねになり、母の写っている写真を持っているので機会があれば母の子どもである私に訪ねてくるように言付《ことづ》けて、お帰りになったとのことでした。戦争前の思い出の写真は、戦時中の爆撃を避けて逃げ惑う中で紛失し、そのすべてが焼けて灰になってしまったものとどうに諦めていました。そのため、母の写真があるということを耳にした私は、一瞬、胸騒ぎがして落ち着いていられなくなりました。早速先方に連絡を取り、私の母の妹と連れ立って、まさかの思いで訪ねていきました。母のお友達は、お会いするといきなり私に両手を差し出してきて「清ちゃん、清ちゃん」と涙声で私に呼び掛けてきました。その声を聴きながら、かつてはるか遠い昔、母に呼びかけられたことがあるような懐かしい頃が、今ここによみがえってくるのではないかと思いました。そこには、母の温《ぬく》もりがまだ温かく残っているように思われました。「会いたかった」と涙ぐんでお話しする母のお友達は、母が生きておれば、きっと、その年頃の年代になっていたであろうと思われる年配《ねんぱい》の方でした。ご自宅には、母のお友達が四十年以上も、きれいな状態で大事に保管されていた写真が現実に手許《てもと》にありました。それは、昭和十七年頃の大阪での写真でした。母は、昭和十六年春の訪れと共に、太平洋戦争が勃発する前の穏やかな平和の日々を利用して、私を出産するためにテニアン島からサイパン島に渡り三日間も要して横浜を経由し沖縄に帰りました。初めての出産だったので、用心して故郷沖縄で出産したかったのです。無事に私を出産すると、一年ほど留まって、それから再び父のいるテニアン島に横浜港を経由して戻るため、そのついでに大阪で働いているかつての仕事仲間のお友達のところに立ち寄りました。母は父と結婚する前は、大阪で紡績工としてお友達と一緒に働いていたのですが、テニアン島で働いていた父と結婚するために、沖縄に戻ったのです。その大阪で、友達とお会いして記念の写真を撮った後に、戦況が日増しに厳しくなる戦時下を、横浜港から私を連れて父のいるテニアン島に出航したのでした。

昭和17年頃、大阪にて。向かって右から、母、筆者、母の友人、友人の妹。

その大阪で撮った写真は、一歳の誕生日を過ぎたばかりの私が、頭には白い丸い帽子、両足には白い靴下と白い靴をきちんと履き、水兵さんの格好をして、しかも、和服を着ている母の膝におとなしく座り母に抱かれるようにして、母の二人のお友達と一緒に写っているのです。父や母と別れて沖縄に戻ってからは履きものもなく、裸足のままで過ごしていたので、右足の第二指の爪《つめ》などは何度も何度も小石につまずいたためか細くなっており、服も着た切りのままの日が多く、いつも親の傘を欲しがっていたこの私にも、人並みに母の愛に甘えたひと時があったのかと、止めどもなく涙が溢れるばかりでした。母のお友達は私が幼い頃呼ばれていた愛称で、「清ちゃん、清ちゃん」と繰り返し呼びかけながら、ナチブサー（泣き虫）で駄々をこねては母を困らせて甘えてばかりであった私のことや、今でもよく夢を見るという大の仲良しだった母のことを目にいっぱい涙を浮かべながら、語るのでした。私がこれまで生きてきた人生の中で、最も嬉しい最良の出会いの日でした。どのような境涯に置かれようとも、辛抱《しんぼう》して一所懸命になって生き抜いておれば、やがてこのように、写真の中だけでも、母親に出会える無上《むじょう》の喜びが思いがけないところで待っていてくれるのかと、胸の熱くなる思いでいました。

残留孤児

それにつけても、数十年経っても残留孤児となって、祖国日本へ肉親を捜し求めて帰ってくる人々の心情を察するに、取り返せない過ぎ去った人生の侘しさとやるせなさに、憤りを通り越して胸がふさがる思いがします。父母の愛を求めてやまない彼らの澄みきったさわやかな目の輝きに、過ぎ去った私の人生行路と重ね合わせて直視できないでいる自分自身の存在を強く意識せざるを得ないのです。帰国後の人生に、幸せな人生が待っていることを、心から願うものです。

作家のなかにし礼が、「戦争は人の運命を無残に引き裂く。生きているだけで幸せではないか、という人がいたら、その人は本当の悲惨を知らないのだ。僕自身一歩間違えば残留孤児になりかねない危険が何度もあった。……この戦争の残酷さは経験しないものにはわからないであろう。戦争とはこういうものだ。人の人生をあやつり、生きたものに死よりも過酷な生活を強いる」と語っていますが、戦争の真っただ中で死線をさまよい乗り越えてこられた、なかにし氏の言葉に、深い感銘を受けました。

テニアン島再訪

平成元年六月、物心ついた頃から、必ず一度は訪れたいといつも心の片隅に温めていたテニアン島が、私の視野に熱い思いで入ってきました。サイパン島のハーフアイダビーチホテルの近くにある浜辺から、約四キロ先に見えるテニアン島は、まばゆいばかりの太陽と真っ青な大空の下であの戦時中の出来事など何事もなかったかのように、波静かなコバルトブルーの海上にくっきりと浮き上がっているように見えました。今回の訪問は、南洋群島慰霊墓参団の一行として、那覇市からチャーター機でサイパン島に飛んできたのです。テニアン島への訪問は、サイパン島から二十二人乗りの小型の飛行機に乗って行きました。飛行機のタラップを降りる足元をしっかりと確かめ足を速めながら、自分でも気持ちが昂《たか》ぶるのがわかりました。咲き誇っているかのよう見える南洋桜や大きく伸びた椰子《やし》の木を、私は以前確かにこの島で馴れ親しんだであろうに、初めて眺める思いで見入りました。海岸通りを歩いてテニアン港の桟橋《さんばし》の方面に足を速めていきました。父は、桟橋に停泊しているテニアン丸に、工場から積み込まれる物資の点検のために、海岸通りをよく往来したそうです。その場所で父は、故郷を思いながらきっと仕事に精を出したであろうと思いやる。多くの県人たちが集まって、相撲や陸上競技を競った運動場を探し当てました。しかし、その場所は跡形もなく、ギンネムで覆われ、中に立ち入ることさえもできない状態でした。かつて多くの人々が集まって競いざわめいたこの場所でしたが……。

戦争が終わって収容所に収容された人々の元気づけに、相撲大会が開催されたとき、見物に来ていた大勢の人込みの中から、「生きていたら、あの清孝（父の名前）の巧《たく》みな相撲をもう一度見たいものだ」という声を耳にした伯母は、沖縄相撲が得意であった在りし日の父の姿を思い浮かべ、ともに生きて故郷へ帰ることができない無念の思いが、一層募ってきたと話していました。学校の校舎跡にも行きました。父は学校の授業を終えて家に帰る甥《おい》にあたる従兄を迎えによくこの小学校に立ち寄ったそうです。今では校舎跡をそのまま土台にした平屋の建物があるだけで、現地の人々が事務所として利用しているようでしたが、人影は見当たりませんでした。校門の前と思われる場所に行き、父が踏みしめたであろう土の上を、気持ちが昂ぶりながらも気を落ち着けて、しっかりと自分の足で踏みしめていました。一緒に来られた年輩の方々もかつて住んでいた家、勤めていた工場、そしてにぎやかだった中心街がどのあたりであったのか、探しあぐねているようでした。

敗戦で不安におののきながら収容された収容所跡にも行きましたが、その収容所跡も長く伸びた草やギンネムの木で覆われたままになっていました。私が伯母の家族と一緒にこの収容所に収容されている時のことでした。夜がしらじらと明けてくる頃、伯母が夢うつつで寝ていると、戦時中身に着けていたモンペ姿の母が防空頭巾《ずきん》をかぶり小さい弟を背負って、父と一緒に生前の姿で寝ている私たちのところにやってきました。それとなく私たちが健《すこ》やかに静かに寝ているのを確かめるように見てから安心されたのか、母が「姉さんたちに心配かけるから、早く出かけましょう」と父を促しながら寂しそうに去っていく後ろ姿を、伯母は声をかけることもできずに静かに見送られたそうです。

このテニアン島を再訪する前に、父の写真も見つかりました。南洋群島帰還者会の集まりに参加した時のことでしたが、参加していた知人からテニアン島で父と親しかったという友人を紹介されました。父の友人は戦後父との音信が不通になっていたことから父の生存を諦めていたそうですが、父の息子の突然の出現に驚き大変喜んでいました。そして、私の思いもかけないことでしたが、私の父の写っている写真があるので、いつでもいいから訪ねてくるようにと招かれました。私ははやる気持ちを抑えることができず、時を待たずにその方のご自宅を訪れました。父の友人は戦争が厳しくなる前に、奥さんと子供たちを先に沖縄に帰省させ、沖縄の戦況が厳しくなると本土に疎開させていましたので、テニアン島で写した写真も無事に保管できたのです。その写真には、数人の仲間たちと宴会に参加したと思われる宿舎で、着物姿で一升瓶を抱えている父の写真と、広い邸内で職場の同僚と思われる人々と一緒に揃って白い明るい洋服を身に着け帽子を手前に持っている凛々《りり》しい姿の父の写真があり、それを見た時の私の嬉しさはこの上もない喜びで胸が一杯になりました。

サイパン島においての合同慰霊祭には、この太平洋戦争で亡くなった肉親の御霊《みたま》を慰めようと、沖縄から琉球舞踏の踊り手も一緒に来ました。

旅や浜宿い　草ぬ葉ど枕
寝《に》ていん忘ららん　我親《わうや》ぬ御側《うすば》
（千鳥《ちじゅ》や　浜をてチュイチュイな）

旅に出て、寝てはいてもいつも忘れられないのは、故郷で暮らしている父や母のことであると、三線の音色に合わせて踊り手が踊る旅愁に満ちた「浜千鳥節《はまちどりぶし》」の踊りを観ながら、この異境の地、テニアン島で私と一緒に同じ防空壕にいながら亡くなった父と母そして弟のことが切なく偲《しの》ばれて、溢れる涙をこらえることができませんでした。私にとってこのテニアン島での生活はわずか三年間でしたが、父や母の愛に浸ることができた思い出の島であり、幼くして父や母と別れていや応なしに自立して生きていかねばならない出発の島でもあり……いつまで経っても忘れられない島です。

向かって前列左端が筆者の父

向かって前列左から３番目が筆者の父

人並み

私がテニアン島から引き揚げてきてから育ててくれた祖母は、沖縄本島からはるかに遠い南の島で生まれました。祖母の父は酒を好み仕事もろくにできず、日々の生活も貧しく、祖母の母との折り合いが悪かったようで、祖母が二歳の時に協議離婚したようです。祖母は父の側に引き取られ母の顔も知らないままに育ってきたようでした。貧しい父のもとで育てられた祖母は、八歳になった頃、極貧《ごくひん》の中で沖縄本島に出稼《でかせ》ぎに追いやられました。大正の初めの頃のことでした。女ひとりで転々と仕事をしているうちに、二十八歳の時に祖父と出会い家庭を持つことになったのです。つらい世間の風にもまれて生き抜いてきたせいか、心を開かず意地っ張りなところがありました。私を叱るときは厳しく、隣近所まで訳のわからぬ祖母の声が大きく響き、周囲ではいつものように「清坊は、今日も叱られている」とささやかれていたようです。今になって思うに、子どもにとっては大したいたずらや遊びをしていなかったと思われるのですが……。否、私が学校から帰ってきても、家の仕事の手伝いをしっかりやっていなかったからかもしれません……。私が小学校、中学校と進級して成長する過程で、思春期独特のどうすることもできない精神的な苛立ちも重なって、祖母に時々口答えをすると、いらだって「自分一人の食事は、いつでも、どこでも食べていける」と家出をにおわせて強がりを言うのでした。私からすると、幼少の五歳の頃から育てられたのでいつしか実の祖母と思って接しているのに、そのようなことを耳にすると誰にもそのことを言えず、子供心にも情けなくて無性《むしょう》に腹が立ちました。そのような時は、私と祖母はもともと血のつながらない他人なのだと自分を勝手に納得させ、侘しい思いを堪えるようにしていました。伯母のように自ら生活の糧《かて》を求めて、少しでも生活が楽になるようなことを積極的に工夫する祖母ではありませんでした。伯母は畑仕事の傍《かたわ》ら魚を競《せ》りで買い入れ、それを頭に載せて各地の家を転々と訪れ売りさばいては生活の糧を生み出していました。時にはその売れ残った魚であったかはわかりませんが、持ち帰ってきた魚を私の家にも差し入れていました。その晩の食事はなかなかありつけない魚の香りと出し汁の美味しさで食事の楽しさを満喫《まんきつ》しました。私にとっては、どんなに貧しく暮らしていても、自分の家で気兼ねなく衣食住ができるのであれば、それ以上のことは欲《ほっ》するべきでないと思っていました。祖母に食事を作ってもらい空腹を満たしてもらえるだけで十分にありがたいことでした。私にはそれで良かったのです。伯母の家で従兄弟たちと夢中になって遊んでいても、食事の時間が近づくと、子供心にも後ろ髪を引かれる思いをしながら片意地《かたいじ》を張って、そっとその場を抜け出して自分の家に帰っていました。家に帰ってもそんなに美味《おい》しい食事が待っているわけでもありませんでしたが……。

私が幼少の頃、祖父の老いとも重なって、生活が苦しくなるにつれて、祖母が愚痴をこぼすことが多くなり、耳の遠い祖父につらく当たっているように見えました。しかし、私が高校に進学した頃からは、次第に私に気を配るようになっていました。やがて、私が大学進学を諦め勤めに出るようになると、祖母の荒っぽい声も影を潜め、朝の起床の時間にはきちんと起こし、朝食や弁当もきちんと作ってもらって、人並みの生活ができるようになりました。弁当には、いつも藁《わら》で結んだ魔除《まよ》けのサンが添えられ、ゆで卵が入っていました。祖父が胃がんで闘病生活をしている時は、心底からの看病をしていました。祖父が亡くなった時は、それこそ、食事が喉《のど》を通らなくなり、しばらくは絶食の状態が続いていました。ある程度の経済的なゆとりのある生活が送れるようになっていたので、祖母には身なりをきちんとして欲しかったのですが、私がどんなに恥ずかしい思いをしているかも考えず、身なりにトンとかまわないでいました。しかし、私が結婚することが決まった時、祖母に結婚の報告と御礼を申し上げると、祖母の目から熱い涙が頬を伝って流れていくのが見えました。祖母にとっても、いつも鼻水を垂《た》らし、ぶきっちょうで叱られてばかりのあの小さかった子供が、こうして結婚できるまで人並みに成長したのかという思いが強く、涙が込み上げてきたのだと思います。私も祖母が涙を流す姿を見て感謝の気持ちと嬉しさで感慨深い思いでいました。

昭和五十四年十月、戦後私がテニアン島から五歳で引き揚げてきて長い間住んでいたトタン屋根の住宅を取り壊して、その土地に新しい鉄筋コンクリート造りの住宅が完成しました。しばらくは、祖母にとって健康で満ち足りた静かな生活が続いていたと思います。

祖母の闘病

ところが、私の次女が二歳の時、昭和五十六年十二月中頃でしたが、祖母が突然、高血圧性脳出血で倒れたのです。祖母は、七十四歳になっていました。救急病院で診察を受けたところ、祖母の今の病状から診断してあとひと月持たせるのも困難であると、医師から言われました。あれほど病気知らずの元気であった祖母が、このような病に罹《かか》るとは思いもよらないことでした。病状は左片麻痺《まひ》による半身不随と言語障害でした。

私がその時思い出したのは、数年ほど前に小さい頃から可愛がられていた親戚のおばあさんをお見舞いに、ある病院を訪れた時のことでした。病院の受付で病室の案内を受けその部屋に入ってみると、病室には看護師やお見舞いの客もおらず全く人の気配がありませんでした。両手を縛《しば》り付けられた年老いた患者だけが点滴を受け、寝たきりの状態でいました。私がお見舞いに伺ったおばあさんは必死になって呼吸をするばかりで声をかけてもなんの返事もありませんでした。誰もいない病室でおばあさんの様子を見ながら、人生の終局《しゅうきょく》での余りの仕打ちと非情さに憤《いきどお》りを通り越して、おばあさんが不憫《ふびん》に思われて心が沈みました……。このおばあさんは、父の叔母にあたる方でしたが、甥にあたる私の父がこの太平洋戦争で帰らぬ人と知ったとき、最も悲しんだ一人でした。私にも甥の子供ということで幼少の頃からいつも温かい言葉を掛けられ、元気づけられていました。私が高校生の頃でしたが、自ら汗して稼いだ少ないお金からだと思いますが、後添いとして嫁に行き苦労の多い方でしたのに、私のために寝間着を買って届けてくれたことがありました。私にとって初めて着ける寝間着でしたので、おばあさんの深い情けが私の胸に熱く伝わってきました。今思うに、おばあさんの七十歳の古希《こき》のお祝いに参加してお祝いできたことが、なんの恩返しもできなかった私にはせめてもの救いです。

このような老齢の祖母の病状から、これから後の看護をどのようにしたら良いのか思案していました。あのおばあさんのように寝たきりで人と人との触れ合いのない看護だけは、どうしても避けたいと思いました。高齢化が進む社会情勢の中で、老人介護の問題がひしひしと押し寄せてくる時代の流れがありました。三人の子供たちも幼く手のかかる時期でしたので、祖母の看病のために家政婦協会から家政婦を紹介してもらい、入院先の病院での付き添いをお願いすることにしました。家政婦の付き添いによる経済的負担はありましたが、そのことよりも家政婦が二十四時間付き添うことによって、初めて入院する祖母の病院での不安を取り除き、寝たきりでいることから生じる床擦《とこず》れなどを是が非でも防ぎたかったのです。リハビリのために初めて入院した病院は、規模もある程度大きい個人病院でしたが、当初の頃は入院を快く受け入れ、保護者への対応も懇切丁寧でした。ところが、医療制度の改変とかで唐突にも、その病院の婦長から呼び出され今後は長期療養は認められないと言われました。付け加えて言うには、家族は患者を病院に預けっぱなしにしていると追い出しにかかられました。その婦長の言いぐさには腹も立ちましたが、やむを得ず自宅療養に変えました。あの頃は、リハビリのことなど初めて遭遇する出来事で、がんばってリハビリに励めば元どおりの体になるものとその病院を信頼していました。ところが、年老いた祖母の様態は四年余のリハビリの効果もほとんどなく手足とも半身不随の状態で、以前の元気な身体のようには回復していなかったのです。祖母は、人の手を借りなければ日常の生活も思うようにできる状態ではありませんでした。

そのため、一年ほど隣の集落にある知り合いの診療所のお医者さんに定期的に往診をお願いしていました。昭和六十二年九月になって再び病状が悪化し、前に入院していた病院とは別の病院に入院して治療することになりました。初めに入院した病院は祖母の腕に朝な夕な点滴を打ちまくり赤く腫れあがっていましたが、それが治療の一環なのかと思っていました。しかし、今度入院した病院は、前の病院より規模の大きい病院で、点滴をそれほど打たず祖母の腕もきれいになっていました。ところが、祖母の就寝が不安定になり、二日間寝っぱなしが続くとその後二日間起きっぱなしの状況が続いているので、付き添いの家政婦が不思議に思い病院に確認を求めたら、薬剤の中に過剰な睡眠薬を入れていたことが判明し改善することができました。付き添いの家政婦は自分の親のように添い寝をされることもあり祖母にとって安らいだ日々を送っていました。私が見舞いに行って冗談のつもりで片言交《かたこと》じりの島言葉で話しかけると、幼い頃私が初めて覚えた島言葉を使ったことに声を荒《あら》げて叱り付けたことなどすっかり忘れたのか、慣れない下手な島言葉を使ってと言わんばかりに、目を細めて笑いながら喜んでいました。

お盆や清明祭の時節にお墓参りをするたびに、お墓の壁などにひびが入っているのが目に見えて広がっていました。心の中で泣きながらこのお墓を建立した時から、はや二十八年の歳月が流れていました。一時はそのお墓を改修することを考えていましたが、お墓の周囲に次々と人家が立ち並び、そのままの状態では周囲に迷惑をかけるのではないかと思い、首里に新しく墓地を求めてそこにお墓を建立して移転することにしました。完成は平成二年七月のことでした。祖母の様態が急変しないかと、いつも懸念しながらのお墓の建立でした。

お墓の建立も無事に終えて、祖母の療養生活も平穏《へいおん》な日々が続いていくと思っていました。ところが、平成四年五月の初めに、病院の婦長から突然呼び出しを受けました。婦長が言うには、今度、医療制度が変わったのでこれからはこの病院は家政婦の付き添いは一切認めず、家族の付き添いによる見舞いも制限し、ヘルパーによる完全看護に切り替える。したがって、家政婦の付き添いを続けるのであれば、この病院での入院による治療は一切認められないので、これから一週間以内にこの病院を退去するようにと居丈高《いたけだか》な物言いで対応するのです。付き添いの家政婦の費用もこれまで通りこちらで負担しますし、祖母もこれから先どれだけ生き延びることができるのか予断を許さない状況であり、ご迷惑をおかけしないようにしますのでご配慮をお願いしたいと何度も粘り強く申し入れましたが、全く聞き入れてもらえませんでした。やむなく他の病院に転院することができましたが、この時ほど病院にはできるだけお世話にならないように健康であることを持続する大切さを実感するとともに、自分の非力《ひりき》さに惨《みじ》めな思いをしたことはありませんでした。

次から次へと提起される高齢化社会に対応する医療制度の変革の狭間《はざま》で、病院経営も時代の変革に遅れまいと改革していくのも経営の在り方として理解できますが、収益性を重視するあまり、人々のより良い暮らしや幸せのために存在している医療制度であるはずなのに、患者や患者の家族が社会の弱者になっていることを置き忘れてしまい、その対応が誤った方向に進んでいるのではないかと思いました。患者はもちろんのこと、患者の家族も医療に頼らざるを得ない弱者の立場にあり、物言わぬ弱者への心のこもった配慮が、変わりゆく医療制度には不足しているのではないかと思いました。患者や患者の家族も本来大事な顧客に違いないのですが……。あの頃の老人医療やリハビリの設備や医療技術も、ほとんど過渡期であったと思いますが、患者にとって望ましい医療であるのかどうか配慮されることが少なく、むしろそれを置き去りにしてきたように思いました。

紹介されて転院した病院は、一人の医師と数人の看護師で構成されていましたが、気配りの行き届いた個人病院でした。私と同じ年頃の院長は家政婦の付き添いを認め、看護治療もしっかりしており、安心して治療を任せられる病院でした。前に入院していた病院よりもはるかに落ち着いて看病できる家族的な雰囲気があり、祖母にとってもこの病院に転院して本当に良かったと思いました。

侘しさ

祖母が闘病生活を送っている間に、伯父が高血圧症で倒れ、再起を目指してリハビりに励んでいましたが、家族の必死の看病の甲斐もなく亡くなりました。常日頃は寡黙な伯父でしたが、酒で酔いが回ると、テニアン島にいた頃を懐かしがりながら、私の父が伯父に向かって「兄さん、この子の目の輝きを見ていてごらんよ」と、私の目の輝きについていつも自慢していたことを、私を励ましながら語るのでした。男兄弟のいない伯父にとっても、この戦争で弟分の私の父を失ったことは、心を許して語り合える相手がいなくなり、私以上に侘しい思いでおられたのかもしれません。伯父は物静かでいつも優しいまなざしで語りかけ、父親に接しているかのような暖かい温もりのある感触がありました。

その後、伯母もあれほど祖母の病状を気遣《きづか》い何度も繰り返しお見舞いに訪れていたのに、しばらくして病床に伏し、闘病している祖母よりも先に亡くなってしまいました。亡くなられた後に、伯母がいつも座っておられた座布団の敷かれている筵《むしろ》の下から、私がお正月のお祝いにと差し上げたお年玉の入った封筒が見つかりました。八歳の時に母親を失い、伯母はそれを大事な宝物のように使わずに保持していたのです。伯母は戦前は伯父とともに渡ったテニアン島で戦争に巻き込まれ、戦後は無事に沖縄に戻ってきてからも苦労の多かった伯母でした。朝も早くから起き、夜も遅くまで働きながら、戦後の経済的に恵まれない生活苦の中でも、伯父とともに絶えず前向きな生き方で家族を守り子供たちを立派に育てました。母親としての役割を十二分に果たし、素晴らしい生き方をされたと思います。

私は伯父と伯母を、幼い頃から従兄弟たちと同じようにオトウ、オカアと呼び、長じてからもそのままの呼称で呼んでいましたが、この呼び方を変えることは私にはできませんでした。オトウ、オカアと呼んで唯一無二に接することができる親のない私にとっては、この呼び方を変えることは、お世話になっている伯父や伯母に対して申し訳なく立つ瀬がないとの思いと恥じらい、そして、私と伯父や伯母との間に大きな隔たりができてしまうのではないかと思う恐れがありました。

安らぎ

この病院に入院して、六年近く手厚い看護を受けた祖母は、伯父や伯母がすでに他界されていることを知ることもなく、九十一歳の生涯を終えました。平成十年三月の中頃のことでした。祖父が亡くなってから、はや三十年の歳月が経っていました。祖父と祖母は私が十六歳の時悔《くや》しさに涙した進学断念の経緯を知ることもなく、この世を去っていかれました。祖母が初めて高血圧症で倒れた時、診察した医師からあとひと月の寿命も厳しいと言われていましたが、家政婦の献身的な看病の甲斐もあって、闘病生活は一年ほどの自宅療養も含め十七年の歳月が流れていました。祖母の人生は、幼い頃に親と別れた育ちとその後の苦労が多かったせいか自虐《じぎゃく》的なところもあって、人並みに満足できるような幸せな人生を歩んだとは決して思えません。

戦前、私の母が花嫁として父と結婚するため南洋群島のテニアン島へ向かって出港する日に、若かりし頃の祖父と連れ立って那覇の港に見送りに来ていた祖母は、髪をきちんと結いきれいな着物を身に着け、行き交う人が足を止めて振り返って見とれるほどの装《よそお》いをして、とても可愛く美しかったそうです。私は一緒に港に見送りに行った母の妹からこの話を聞いて、祖母にも若かりし日のひと時とはいえ、人並みに華《はな》やいだ幸せな時節があったのかと思いを巡《めぐ》らし、ほのぼのとした気持ちになり、心の安らぐ思いが私の胸にしみ込むように広がっていきました。

歩み

私の人生は物心ついた時から、「諦めること」を宿命的に背負っていたのではないかと思うことがあります。しかし、この「諦める」ということは、決して投げやりになって、物事を断念することではないようです。それは、直面した事柄に対し、事実や現状を「明らかにして究めること」に本来の意義があり、まずその事実や現状を明らかにして見ることから始まり、さらに真摯《しんし》な態度でそれを受け入れて納得し、避《さ》けることなく、驕《おご》ることなく、どのように対処することが最も良いのか、前向きに熟慮《じゅくりょ》し積極的になって生きていく……。そのことは、究極《きゅうきょく》のところ、「諦めない人生」を歩むことに通じているように思われます。

私が成長していく過程の中で、直面するあらゆる出来事に、父からは「清坊、そこで諦めるのか」、母からは「清ちゃん、諦めるの」……と、いつも私の背後でハラハラドキドキしながら、私がどのように決断し実行するかを見守っていたのかもしれません。かめのように歩みが遅くとも、独楽《こま》のように一本足でヨタヨタしていても、またよそより遥《はる》かに遠回りしているかのように思えても、そしてどのような境涯に対峙《たいじ》しても、両足を大地にしっかりと踏みしめて、焦《あせ》らずに一歩一歩力強く歩むことで、自らの道を切り開き、後年になって、後悔のない人生だったと確信できるようになるのではないかと思います。若い時は、それを乗り越えていくことのできる勇気と素晴らしいエネルギーが心身に豊富に蓄積され秘められているものと、自分の人生を振り返ってしみじみと思われます。

誕生日探し

私の誕生日は、長い間新暦《しんれき》（太陽暦）では六月二十三日と思っていました。ところが、私が就職した頃のある日のことでしたが、祖母が私の誕生日のその日は、旧暦（太陰暦）の六月の二十三日の誕生で届けられていると話されたのです。私はびっくりしましたが、その時は、そのことはいつでも確認できると思い安易に考えていました。

しばらくして、私は自分の誕生日が新暦では何月何日なのか気にかかり、知りたくなってきました。そこで、新暦と旧暦の確認できる役所を探してみたら、その当時、琉球気象台にその台帳があり、電話で確認できると教えられました。早速琉球気象台に失礼とは思いながら電話を入れて確認したところ、昭和十六年の旧暦の六月二十三日は新暦では七月十七日に相当するとの返事をもらいました。あっけないほど、簡単に判明したのです。それからは、私の誕生日は新暦では七月十七日と思っていました。数年前、ふとしたことで、「二十世紀暦」を入手する機会がありましたので、念のためこの「二十世紀暦」で私の誕生日を確認してみました。ところが、その暦によると、昭和十六年は閏年《うるうどし》になっており、旧暦の月が二度繰り返す閏月が私の生まれた六月にあるのです。旧暦の六月二十三日が二回もあり、新暦では七月十七日と八月十五日になっていました。新暦の誕生日が七月と八月のどちらになるのか、困ってしまいました。今となっては、確認できる術がありません。祖母も閏年のことについては、特に話していませんでした。私の新暦の誕生日のことは、父や母に確かめることしか方法はありません。私の誕生日と称している新暦の六月二十三日は、奇しくも、沖縄が太平洋戦争で悲惨な戦場となったことから戦没者の御霊を慰めることを目的にして制定された沖縄の終戦を記念する「慰霊の日」にあたります。そして、新暦の八月十五日は、日本の太平洋戦争の終戦記念日でもあります。

さすらい

高校を卒業した昭和三十五年三月の十八歳の春は、青春を謳歌《おうか》して夢や希望がいっぱい満ち溢《あふ》れている年頃であるはずなのに、私の前途には輝く希望の光が全く見えてこない悶々《もんもん》とした日々を過ごしていました。

夜がまた来る　思い出つれて
おれを泣かせに　足音もなく

なにをいまさら　つらくはないが
旅の灯りが
遠く　遠くうるむよ

知らぬ他国を　流れながれて
過ぎてゆくのさ　夜風のように
恋に生きたら　楽しかろうが
どうせ死ぬまで
ひとり　ひとりぼっちさ

あとをふりむきゃ　こころ細いよ
それでなくとも　遥かな旅路
いつになったら　この淋しさが
消える日があろ

今日も　今日も旅ゆく

哀愁に満ちたメロディーに乗せて小林旭が張りのある甲高い声を上げて歌う、この『さすらい』の歌謡曲が流行っていました。この歌謡曲をひとりでに口ずさんでいましたが、この歌で随分励まされ癒《い》やされたものです。

私の幼なじみの友人である仲本君に数十年ぶりに再会した時、カラオケで彼が上手にこの『さすらい』をリクエストして歌うのを聞いてびっくりしました。彼も、私と同じようにこの『さすらい』をひとりでに口ずさんで自らを励まして過ごしてきたのです。

彼は、幼い時に小児麻痺《しょうにまひ》にかかり片足が不自由になり、しかも運の悪いことには南の島で六歳から十一歳までの多感な少年時代に、躾の厳しい継母に育てられました。継母の彼への酷《ひど》い仕打ちは、聞くに堪《た》えられることではありませんでした。小学校四年次の三学期の頃に沖縄本島の親戚の叔母に引き取られてきました。小学校、中学校を共に通学し、高校を卒業する頃までいつも行動を共にしていました。私はとうに忘れていましたが、同期の友達に校庭でいじめられている彼を友達と一緒になってかばったことから、彼との間に心を通わせる強い友情のきずなが生まれたのでした。恵まれない環境に育ったせいか、私と同じように負けん気の強い少年でもありました。小学校の休み時間に戦うセントウは、片足で走っていって相手に胸をつきあわせて倒すのですが、彼は強かった。その彼も今や理学療法士としての道を開き顧客からの信頼も厚く慕われており、また、結婚して四人の子どもたちも立派に教育して成長し、孫も数人誕生しています。お互いの身を立てるために長い間音信不通で離れて暮らしていても、心はこの『さすらい』の思いで通じていたのかと、しみじみと感慨深い思いがしました。

私は、私を励まし勇気づける先生方、先輩、職場の同僚、友人、親戚等々素晴らしい方々から、私の人生の節目ごとに心ある助言や応援をいっぱい頂きました。事務所を開業してからも、多くの素晴らしい方々との出会いの機会があり、いつもありがたい思いでおります。恩恵を被り、お世話になった方々に、いつまでも感謝の気持ちを忘れないようにしたいと思います。人の世は、自分ひとりだけで勝手に生きていくことができないことも、自らの人生体験の中で身に沁みています。

幼い頃からこのように育ってきた私にも、今や私を気遣う妻と成人となった三人の子供たちがおり、孫も数人誕生して賑わい、「ひとりぼっち」とか「このさびしさが消える日があろう」なんて、その言葉もはるかに遠いところの出来事のように思ってしまうほどに、せわしく人並みの生活ができるようになりました。祖母に苦いと言って愚痴をこぼして叱られ、食べそこなったゴーヤーチャンプルーも暑い夏がやってくると、私の大好物のひとつとなって口いっぱい頬張《ほおば》って食べています。

清ちゃんジージ

二〇〇八年八月八日、子どもたちの学業も終えたので、息子と二人で初めて富士山に登りました。孤高にそびえ立つ富士の山は美しい。富士山に登り終えるたびに、「富士山は登るものではない。眺めるものだ」と自戒していながらも、連続して四回も登りました。富士山頂でご来光を拝み御鉢巡《おはちめぐ》り、そして朝日で反対側に映し出された富士の山の大きな影を眺めることができました。「千里の行も足下に始まる」と言われるが目の前の足下をしっかりと見つめながら一歩一歩歩みを進めているといつの間にか山頂に到達します。山頂に到達するまでは瓦礫《がれき》と溶岩を踏みしめながら足を運んでいくのです。足を進めているときは登ることに集中して無心の境地に至ります。そして、頂上に到達したときは、何事にも代えがたい大きな喜びが待っています。富士登山はよほど体調を整えておかないと、登りの時だけでなく下り坂もつらくなります。人生の下り坂もそのようなものです。このような体験を反省しながらも、月日が経つとそのつらさも和《やわ》らいできて楽しい思い出となります。

富士登山の後は、マラソン大会に参加するようになりました。足腰を鍛《きた》えるために始めたマラソンでしたが、那覇マラソンやシカゴマラソンに参加して完走することができました。富士登山やマラソン大会に参加して思うことは、人生もまた同様に、その場その場は厳しくつらい局面に対峙していても、それを乗り越え時が経てば、時の流れに癒やされ楽しい思い出に変わる。充実した人生を送るには登山やマラソンだけでなくもっと視野を広めて常に挑戦する熱い情熱を持ち続けたいものです。

これからやってくる「林住期」や「遊行期」と言われる年代には、さらに歳を重ねつつも、いつも心静かに世の人々の幸せと平和を願い、押し寄せてくる時の流れに順応しつつ、健康に留意しながら歩みを進めたいと思います。演劇や映画鑑賞、読書そして足腰を鍛えながら、人生の瑣事《さじ》にこだわることなく、女房とともに意義ある年輪を重ねていきたい。この年代で、現役で仕事を続けることができるのも、ありがたい。可愛い孫たちに囲まれながら、幼かった頃に父や母から「清ちゃん　清ちゃん」と呼ばれていたことを呼び戻して、孫たちに「清ちゃんジージ」と呼ばせてにこやかに暮らしたい。父や母の愛を求める可愛い孫たちの姿を見るにつけ、こんなにも無邪気で幼かった年頃に、この太平洋戦争で、私は父や母の愛を失ってしまっていたのかと、やるせない思いが募ります。

あとがき

太平洋戦争が勃発した年に誕生した清ちゃん（筆者）が、南洋群島のテニアン島において戦争に巻き込まれ、三歳の時に両親と弟を一度に失いながらも、終戦後の成長する過程でいろいろの局面に遭遇し、「諦める」ことを余儀なくされながら、それに対峙して乗り越え生き抜いていく生き様を書いてみました。両親との別れ、故郷沖縄への引き揚げ、一本立ちの独楽のおかしさ、初めての幼稚園での祖父の厳しさ、学芸会に出演するかめの役のことでの挫折、赤いりんごの情け、ユキ先生との出会い、十六歳の男の子の決断、就職活動、夜間大学勤労学生、公認会計士試験挑戦、徳の力と三十歳の決断、父や母の写真との出会い、テニアン島再訪、祖父母の闘病、祖父・祖母・伯父・伯母のそれぞれの生き方との触れ合い、富士登山やマラソン大会への挑戦、清ちゃんの成長する過程での心情等々を含め、出会った人々の情けに感謝しながら、時にはセンチメンタルな気分になり、時には清ちゃんの大げさな自慢話ではないかと気にかけながら、勇気を出して書き上げました。

私と同じ道を歩み始め、成長した息子から「お父さんも何か心に残ることを書いたら」と促されて書き始めた原稿……。書き上げるまでには友人からの貴重なご助言、親戚や家族の協力があり、深く感謝申し上げます。

時の流れは早いもので初版発行時から相当の期間が経過しており、『清ちゃんあきらめるの』の原稿内容を吟味検討した結果、今回の出版を機会に加筆修正することにしました。新たな文面を加筆したことで、表題も『神様だけが知っている　どう生きるか』と表現することが、清ちゃんの生き様の意図により一層近付いた内容ではないかと思い改めました。

あさとせいえい

著者プロフィール

あさと　せいえい

1941年沖縄県生まれ。南洋群島テニアン島引き揚げ者のひとり。
現在、沖縄県那覇市にて公認会計士、税理士、中小企業診断士として事務所を経営。
前原高等学校、沖縄国際大学（旧国際大学２部）卒業。

神様だけが知っている　どう生きるか

2020年12月15日　初版第１刷発行

著　者　あさと　せいえい
発行者　瓜谷　綱延
発行所　株式会社文芸社
〒160-0022　東京都新宿区新宿1－10－1
電話　03-5369-3060（代表）
03-5369-2299（販売）

印刷所　株式会社フクイン

ISBN978-4-286-22119-9　JASRAC 出2007624－001